JN256203

スゴー家の人々

～自叙伝的　子育て奮戦記～

菅生　新

はじめに

私はお台場にあるテレビ局のスタジオをドキドキしながら訪れました。２０１７年5月14日午後3時のことです。

テレビスタジオには経済番組のＭＣ（司会者）兼プロデューサーとして幾度となく出入りしたことがあります。

しかし、慣れ親しんでいるはずのスタジオでしたが、私は明らかに動揺していました。張りつめるような緊張感で胸がいっぱいなのです。前夜は一睡もできませんでした。

この時、私はある番組の招待客として現場にいました。その番組とは、Ｋ・ｉｎＫ・ｉＫ・ｉｄｓの2人と吉田拓郎さんがＭＣを務めている「Ｌ

OVE LOVEあいしてる」です。私をゲストとして呼んでくれたのは「菅田将暉」、私の息子です。

実は、私は15歳の時から吉田拓郎さんの大ファンです。彼の曲から人生を学んだと言っても過言ではありません。青春真っ只中の「心の叫び」を、生き抜く活力に変えてくれた、我が心の師タクロー。振幅の激しい人生を渡ってきた私が、幾多の困難を乗り越える時、常に励みにしてきたのはタクローの歌でした。辛い時は、よくギターを弾きながら歌いました。嬉しい時にもタクローの歌を口ずさみました。私のそばにはいつもタクローの歌があったのです。

私はディレクターに導かれ、200人ほどが観覧する収録スタジオに入り、後ろ端の席に座るよう指示されました。さあ、いよいよ収録開始です。

「ＬＯＶＥ ＬＯＶＥあいしてる」は、１９９６年から２００１年まで放送されていた音楽バラエティー番組で、今回は16年ぶりの１日限定復活スペシャルでした。そして、そのメインゲストとして菅田将暉が選ばれたのでした。

ＭＣたちとトークする中で、菅田将暉が吉田拓郎ファンであるという話になりました。それは父親の影響だと語り、私の若い頃の写真がスライドで紹介されました。その流れで息子が「そこに親父が来ている」と言うと、すかさずカメラがこちらに向けられました。

注目が私の顔に集まり、私の緊張も最高潮に達しました。

「お父さんはずっと拓郎さんのことが大好きで……」という堂本光一さんの言葉に、私は微笑しながら拓郎さんの瞳を見つめて、こう伝えました。

「吉田拓郎さんの曲は、ギターを弾くこの左手がすべて覚えています」

感慨無量でした。

このあと息子は、吉田拓郎さんとともにギターを弾きながら歌いました。曲名は「今日までそして明日から」。その姿を見ながら、目頭が熱くなりました。まぶたの裏に浮かんだのは、苦労を重ねた10代の私の姿です。感動と喜びがない交ぜになった、なんとも言いがたい想いが湧き上がりました。

収録が終わると、拓郎さんが壇上から降りてきました。私は立ち上がり、固い握手を交わしました。すると拓郎さんは私をハグしてくれました。時が止まったような瞬間でした。

番組では放送されませんでしたが、息子は収録中に拓郎さんの曲の魅力をたくさん語りました。特に印象的だったのは、代表曲「今日までそして明日から」のリフレイン部分にあるこのフレーズ、

「私は今日まで生きてみました」についてです。

息子は、「生きてきました」ではなく「生きてみました」というところが好きだというのです。昔からレコード盤がすり切れるほど聴いてきた曲なのですが、私は息子の言葉にハッとさせられました。このフレーズが、数々の辛苦を乗り越えながらただひたすら自力で頑張ってきた、まさに私の人生そのものに重なったのです。

そんな「生きてみました私の人生半世紀」。

今日までに出会ってきた人との関わり、家族のこと、息子たちへの教

育や、私の仕事の関係でお付き合いのある経営者の方たちのことも含め、スゴー家にまつわる人々のことなど徒然なるままに語ってみたいと思います。

この本を母・節子に捧げます。

２０１７年11月吉日

菅生新

目次

本文中、一部の敬称を省略しています。

第1章
長男 大将の誕生

自宅出産～人生で一番長い日～

「頭が出てきた。頑張れ！　頑張れ!!　あともう少し……」

１９９３年2月、真冬の大阪。冷たい雨が一日中降りしきる、ある日の出来事でした。

私はその日の早朝から妻・好身（よしみ）の実家で、さながら助産師のように我が子の出産に立ち会っていました。

前日まで助産師の友人が来てくれていたのですが、予定日が来てもなかなか産まれず、ついに帰ってしまいました。

私は、心配そうな妻の両親である木村豊、久子夫妻に見守られ、着慣れた青いジャージの上下を身につけて張り切っていました。ソワソワしながら、内心は不安と焦燥で押しつぶされそうでした。

それから陣痛が来て、本当に、本当に大変でした。私はこの手で赤ん坊を取り上げる大役を担うことになったのです。

自宅出産。医者ではなく、自分で我が子を取り上げるということ。普通に考えると、とても危険な行為だと感じるかもしれません。妻の妊娠がわかった時から、私も当たり前に病院で産むものだと思っていました。

しかし、自宅で家族揃っての出産が、妻のたっての望みでした。私はもしものことを考え、妻に病院で産むことを幾度となく勧めましたが、妻の決意はとても固かったのです。

「お産は病気じゃないのよ。自分のためにも赤ちゃんのためにも、自然の力に任せたいの」

妻は出産に関してあれこれ熱心に学び、私はとうとう説得されてしまいました。

そうと決まれば、私も覚悟を決めます。お産に関する資料をかき集め、出産シーンをイメージし、何枚も絵コンテを描いて部屋に貼りました。毎日それを眺めながら、頭のなかで何度もシミュレーションを繰り返して過ごしました。念のためと思い、助産師にもお願いしてありましたが、妻は「家族だけで出産したい。助産師さんがいない時にツルンと生まれてきてね」と祈っていたそうです。

出産は昔から、月や潮の満ち引きに関係があると言われています。満潮時刻になると産気づく人が多いのだそうです。だから、予定日が近づくと毎日予報で満潮時刻を調べ、その時が近づくと深呼吸をして、心の準備をしながら過ごしました。

この日の満潮時刻は午前6時半。前夜は準備も覚悟も万端で就寝しようとしましたが、なぜか胸騒ぎがして眠れぬ夜を過ごしていました。破水しそうになった妻に呼ばれたのは午前5時ちょうどでした。眠気が一気に覚め、いよいよ来たかと一層覚悟をかためました。

妻に起こされてから、約1時間半のあいだ、自分で取り上げることへの不安、予想外のハプニングが起きた時の対処法、そして責任の重大さに終始打ちのめされそうになっていました。それまで経験したこともないような緊張感の中、ひたすら母子の無事を祈りながら奮闘しました。人生で一番長い夜でした。

後でわかったのですが、誕生の瞬間を収めようと事前に用意していたビデオカメラは、慌てている間に蹴り倒してしまい部屋の隅に転がったままになっていました。準備万端で挑んだつもりでしたが、予想外のことが次々と起こります。

見守っていたお義父さんとお義母さんの不安そうな表情がチラリと見えました。私はおそらくもっと凄い形相だったに違いありません。

小さな命がこの手にかかっている。そう思うと、他のことを気にする余裕は微塵もありませんでした。

「頑張れ。頑張れ。出てきたぞ」

「産まれた。産まれた」

体がぬるりと出てきた直後、私は卒倒するかと思いました。赤ん坊の顔が紫色だったからです。あれほど勉強して、絵コンテもたくさん描いて、イメージトレーニングも重ねた。けれども、これは想定外中の想定外なのです。まさか顔が紫色だとは……。どうして、どうして紫色なのだろう。無事なのか!?

私は、震える右手で出てきた赤ん坊を支えながら、そっとタオルの上に寝かせました。すると、赤ん坊は首を垂れて、口から羊水を吐き出しました。

「ふえぇぇぇ……」

小さな産声がしました。目をぱっちりと開いて。

無事だった。生きている。生きている……良かった、本当に良かった。無事に産まれてきてくれた。

私は肩の力が一気に抜けて、その場にへたり込みました。お義父さんとお義母さんは拍手喝采、満面に笑みを浮かべました。

私の胸は喜びと安堵でいっぱいになり、涙がじわっと溢れ出します。この子が私の子どもなのだ……。

気がつくと紫色だった顔も、すっかりきれいなピンク色になっていました。ああ、良かった。私は妻を称えました。

「よう頑張った。元気な男の子や。完全自然分娩の、元気な男の子やで」

産まれる前に性別を調べずに、なんとなく女の子だろうと思っていた私たち夫婦は、男の子の誕生にまた喜びもひとしおでした。

しかしほっとしたのも束の間です。お産はまだ終わりではありません。

強烈だったのが、そのあと取り出した胎盤です。紫陽花（あじさい）色の巨大なレバーのような塊が、へその緒と一緒にドーっと出てきて、もう、恐ろしさで腰が抜けるかと思いました。私は元々、赤ん坊のへその緒は母のへそとつながっていると思い込んでいました。妊娠がわかり、学習してそうではないとわかっているのですが思い込みが勝ってしまいます。胎盤を見て「ああ、そうだったな」と気づきました。わかっているようで、わかっていない。もう、冷や汗が止まりませんでした。

赤ん坊はお義母さんに産湯で体を清めてもらい、妻の胸元に抱かれました。

私といえば、妻が初乳を飲ませている間に、用意していたハサミでへその緒を切らねばなりません。それも、普通の家庭用のハサミで切るのです。入念に調べた予備知識では、家庭用ハサミで十分用を足すというのですから。再び不安が押し寄せてきました。

「へその緒って、こんなに太くて長いのか」

「本当にここで切っていいのだろうか」

頭でわかってはいるのです。必死に勉強しましたから。しかし医者ではない自分の手で、いざ赤ん坊の体と繋がっているものにハサミを入れるとなると大変な勇気、それと根性が要りました。

お産の最中は、時計を見る余裕はありませんでしたが、お義母さんがしっかり記録していました。生まれたのは2月21日午前6時36分。ちょうど予報で聞いたとおりの満潮時刻です。私は大いなる「生命の神秘」

を感じました。

私がこの手で取り上げた初めての我が子。それが菅生大将（すごうたいしょう）、いまの菅田将暉です。


私は自らの体験から、父親はもちろん、子どもたちも出産の現場に立ち会うことをお勧めします。菅生家にはその後、次男と三男を授かりましたが、同じように自宅で出産しました。次男と三男の時、妻は自宅の浴槽に半身浴をしながら産みました。もちろん、みんな私が取り上げたのです。

大将は、次男と三男の出産に立ち会っています。次男も、三男の出産に立ち会いました。

「お母さん、頑張れ、頑張れ！」と言って、浴槽の横に陣取ってしっかり応援していました。子どもたちは怖がるかもしれないと思いましたが、実際はそんなことはありませんでした。大将は次男が産まれた時、産まれて1分もしないうちにオモチャを持ってきて、「遊ぼう」と話しかけていました。

家族みんなで協力しながら、お産を経験するのは素晴らしいことです。命懸けで出産に挑む母の強さと尊さを学び、赤ん坊が産まれるという「生命の誕生」を見届けることは貴重な体験です。自分もまたそうやって産まれて、家族に見守られてきたのだという実感を持つことができるからです。

出産現場に立ち会ったためかはわかりませんが、3兄弟はとても仲良しで母親思いです。私は3人が喧嘩しているところを一度も見たことがありません。

夫婦で断食しながらの妊活

妊娠、出産は夫婦で話し合って計画的に進めました。

結婚した後、私はまもなく独立開業して、夫婦2人で必死に働きました。それから3年が経ち、会社が軌道に乗り始めたあたりから子作りを始めました。

まず友人から紹介された妊活セミナーに参加し、知識を得ました。その後に、セミナーで教えられた「酵素ジュース」によって夫婦共に体のコンディションを整えることにしました。

大きなポリバケツに野菜や果物を詰めて発酵させ、自家製の酵素ジュースを作りました。作ったジュースを熱湯消毒した瓶に移し、冷蔵庫で保存しながら、少なくなったら作り足し、それを食事の代わりに飲むのです。酵素の働きで、腸や血液がきれいになるのだそうです。いま流行りのファスティング（栄養管理下での絶食）のさきがけでした。1ヶ月間の食事制限の間に、夫婦そろって出席した友人の結婚式のご馳走も、泣く泣く遠慮したのを覚えています。私の体重はその間に5キロも落ちました。

食事制限期を終えると、今度は復食といって、徐々に胃腸を普通の食事に慣らすようにします。初めは豆腐1丁を2人で半分ずつ食べます。この時、醤油などの調味料をかけず、そのまま味わいます。久しぶりの豆腐の自然な甘みに感激しました。私は欲張って半丁より少し多めに食べてしまい、すぐにお腹を壊してしまいました。それからというもの、過度な調味料は体に良くないのだろうと痛感し、食育を考える良いキッカケになりました。

出産という神秘

お産には、いつの頃からか病院で産ませてもらう、という受け身なイメージが植えつけられてしまったように思います。考えてみてください。いま私たちが生きているのは、歴代のお母さんたちが出産してきた事実があるからです。人間も動物です。お産は自然なことなのです。それを、「強い痛みを伴う」「危険」といったイメージだけが強調されてしまった現代の考え方に私は疑問を覚えます。

先述のとおり、私としても初めてのお産は怖かったし不安の連続でした。

それでも一度経験して実感したのは、人間の体は本当に良くできているのだなということです。産まれる前に陣痛や破水といったサインを出しますし、赤ん坊は母体を傷つけないように、頭蓋骨を畳んで産道を通って出てくるといわれているのですから。

出産は、体内の宇宙といわれる子宮から、この世に生物として生まれてくる神秘的な瞬間であり、奇跡です。人間は生まれてから死ぬまで、人生という長い旅を続けていくのです。私たちは「奇跡の旅人」なのです。

私の家族の絆が強いのは、みんなで協力し合って子どもを迎えてきたことが大きな要因だと思います。

奇跡といえばもうひとつ。

出産シーンを撮影するためのカメラは蹴り飛ばされたままになっていましたが、後で再生してみると、産まれる瞬間をアップでバッチリ記録していました。私の卒倒寸前の大声と共に……。これは本当に嬉しい誤算でした。その後に産まれた2人のものも含めた3人の息子の出産ビデオは、我が家の家宝として今でも残してあります。

2人目の出産からは不安は和らぎ、家族だけでの出産を計画的に行いました。長男の妊娠がわかった時、初めのうちは病院で経過を診察してもらいました。そして臨月を迎えるにあたって、妻の実家の畳の部屋に布団を敷いて出産しました。

しかし次男と三男を妊娠した時は、病院に行かず市販の妊娠検査薬で判定して、私がおおよその出産予定日を算出しました。ですから、市役所から母子手帳は発行されていません。妊娠の経過は家族だけで見守りました。

次男が産まれたのは、私が算出した出産予定日から2週間遅れた6月13日でした。

その頃、私たち夫婦の仕事も安定し、住んでいた新築マンションの広い浴槽にお湯を溜め、水中分娩を試みました。

次男の出産の時は、頭からではなく足から出てきて、私は「しまった」と思いました。逆子だったことにずっと気づかずにいたため、予定日を大幅に過ぎても産まれてこなかったのだと、その時にようやく気づいて慌てました。

浴槽の横で大将が、

「お母さん、頑張れ。赤ちゃん、頑張れ」と懸命に声をかけ、私もその言葉に励まされながら、そっと次男を取り上げました。おそらく病院で診てもらっていたら、帝王切開になっていたことでしょう。

後産（あとざん）といわれる胎盤は、大将の時よりも小さく、ほぼなくなりかけていました。

三男は、大阪の箕面市に建てた一軒家で産まれました。私は前回、次男が逆子だったことが頭をよぎりましたが、長男と次男が一緒に声をかけると、小さな頭がスルリと出てきて、まるで水中を泳ぐように滑らかに産まれてきてくれました。

実を言うと、私自身も自宅出産で産まれています。

昭和34年8月8日のことです。自宅は高知市にあるはりまや橋の近くの家でした。その日は朝から台風が上陸していて、昔ながらの木造だった我が家は雨と風で大変な揺れだったようです。

私は予定日より2ヶ月も早く、1，700グラムの未熟児として産まれました。未熟児ですから今ならすぐにNICU（新生児特定集中治療室）行きだと思いますが、そうはならず、お袋は産まれた瞬間に失神してしまい、私は気丈な祖母によってしっかりと取り上げられたと聞いています。

未熟児の私は「毛むくじゃらの猿のようだった」そうです。

ひと昔前は、そんな自宅でのお産は普通だったのです。出産は病気ではありません。しっかり知識がある人がいれば、私は体験的に必ずしも病院で産む必要はないと思います。いずれにせよ、産むことにネガティブにならないでほしいものです。子どもの誕生は、神秘的で感動的です。そして、我が子は誰よりも可愛いものです。

「大将」という名前の由来

大将という名前を提案してくれたのは、友人の占い師です。

私は一時期、名前の画数にこだわって勉強していたことがあります。「名は体を表す」、私はそれを信じていますし、統計学的にも証明されています。私は親が自由につけた名前と、画数を見ることができる人がつけた名前は、すぐに見分けることができるほど詳しくなりました。良い名前をもらっている人は、良い人生が拓けると思います。画数は、なかなか難しいものです。旧漢字、新漢字どちらで数えるかなど、様々な解釈があり、これはプロに任せた方が良いと判断しました。

その友人からいくつか名前の候補をもらいましたが、目に飛び込んできたのが「大将」でした。

「たいしょう」と読まず、「たいすけ」とふりがながありました。しかし、それだと一生名前の説明をしなければならない。「菅生（すごう）」もなかなか珍しい読みかたですから、覚えてもらうのに結構骨が折れるものでした。

それならば、いっそ「たいしょう」と読ませようと決めました。画数というのは漢字だけを見ますから、読みかたは変えても良いのです。

菅生大将（すごう・たいしょう）。立派な名前をもらいました。

ところで、大将という名前は、私の名前の新（あらた）と同じ13画です。苗字とのバランスを見ると、人気者の画数なのです。

私も今までの人生を振り返ると、人間関係には大変恵まれていると思います。私の人生は、周りの人のご支援あってのものだと自覚しています。

第2章
父として

大将がお世話になっている関係で芸能界の人たちにお会いすることが時々あります。

「スタッフみんなに気遣いができる、優しい子ですね」

「礼儀正しく、清々しい青年に育てられましたね」

そんなふうに褒めていただくことも多く、大変ありがたく思っています。その度に、大将は芸能界でしっかり頑張っているのだな、と誇らしい気持ちになります。

「どのような子育てを実践しているのですか」

そんな質問も度々いただくようになりました。私は教育のプロではないですし、手探りで「父親業」をやってきたようなものです。私の幼少期はほとんど母子家庭という環境で育ったため、父としてどのように子どもたちに接するかを日々模索し、良き父親像を意識しながらここまでやってきました。

親馬鹿かもしれませんが、大将も、次男の健人（けんと）も、三男の新樹（あらき）も、本当に素直な青年として成長してくれています。

ここから私が三人の息子たちを育てる上で、父親として何を考え、どう行動してきたのかをお話しします。しかしその前に、私が少ない経験ながら知るリアルな父親像、私の親父について触れてみたいと思います。

家にいなかった私の親父（おやじ）

私の親父・高橋信雄は高知県にある須崎という田舎の山間部生まれです。

お袋・菅生節子は大阪生まれの大阪育ちで、北は北海道、南は五島列島まで、化粧品を売る仕事で全国行脚するセールスレディーとなり、ちょうど高知に出張して、親父と出会いました。

当時、若者の出会いの場として流行っていたのが、ダンスパーティーでした。２人は「ダンパ」と言われていた会場で知り合ったそうです。

その頃の２人の写真を見せてもらったことがあります。色白で、すらっと細く、都会的なファッションに身を包んだお袋は、いかにもキャリアウーマン風で格好が良かった。親父は日焼けして田舎臭かったけれど、キリっと眉が上がったイイ男でした。私と大将の眉は、その頃の親父そっくりです。

都会に憧れていた親父には、キャリアウーマン風のお袋が、さぞ魅力的に見えたのでしょう。

初めてのデートで蕎麦を食べた時のエピソードは爆笑ものでした。親父はそれまでざる蕎麦を食べたことがなかったそうです。食べ方はわからないけれど、初デートで聞くこともできない。悩んでいては蕎麦が伸びてしまう。

「では、いただきます」

そう言うと、蕎麦の上に汁をザザーっとかけてしまったそうです。周りのお客が固まってしまいました。お袋はそれを見て「ああ、この人は本当の田舎者だわ」と思ったらしい。親父は顔から火が出るような思いをしながら、「ぶっかけ蕎麦」を掻き込んだそうです。この時、親父が20歳、お袋は26歳でした。

そんなことがあっても、「都会の職業婦人と一緒になりたい」という親父の願いはどうにか叶って、2人は結婚しました。そして私が生まれたのです。

親父は当時、高知県交通という会社に勤めていました。バスの運転手兼事務職です。平日の夕方、早い時間に仕事を終えると、まだヨチヨチ歩きの私を週に3日も桂浜へ遊びに連れて行ってくれたようです。

大人になってからも、私は何度か桂浜へ行きましたが、そこには太平洋を見つめる坂本龍馬像がありました。

学生時代に司馬遼太郎の『龍馬がゆく』に感銘を受け、故郷を誇りに思いました。数年前にも、高知大学で講義をすることがあり、一人で桂浜を再訪することにしました。

高知で生まれほどなくして引っ越したため、はっきりとした思い出がある場所ではないのですが、私にとっては父と過ごした特別な場所です。私はこの場所を訪れるたび坂本龍馬像の横に座り、太平洋を眺めながらしばらく瞑想しました。

お袋から聞いたところによれば、私が2歳の時、親父とお袋と一緒に大阪へ出てきたのだそうです。田舎者の親父が「家族で都会へ出る」という夢を果たしたのです。

親父は、中学、高校時代は大層勉強ができたそうですが、11人兄弟の10番目であり、貧しい家庭の事情で大学進学を諦（あきら）めました。だから、実力があるのに進学できなかった分だけとても上昇志向が強くなったようです。

大阪市内の母の実家へ「居候（いそうろう）」という形で、3人の生活が始まりました。しかし、親父より6つ年上のお袋の実家で、義父母は厳しく母も気丈で、親父は肩身が狭かったようです。

親父はなかなかの男前で、話も上手くユーモアもある人でしたが、妻の実家に安らぎが持てず、毎晩トイレで悔しさに泣いていたと後で聞きました。

私たち家族の生活は徐々に変わって行きました。

大阪には田舎にないような刺激が多く、まだ20代半ばの親父には「遊び人」の友達ができました。キラキラとした夜のネオンの誘惑に、楽しみと安らぎを見出したのだと思います。そうして、ついに家に帰ってこなくなりました。

そういう事情で、子どもたちを連れて堺市の三宝市場へ引っ越したお袋は、ドームのあるレトロな商店街の中央に回転焼き（今川焼き）の店を開きました。弟をおぶって商売している姿が記憶に残っています。私たちはその店の2階で生活しました。

家にはいつもお袋と私と、そして小さな弟の3人だけです。狭い部屋が2つあり、白黒テレビが置いてありました。私は4歳で弟は1歳でした。

お袋は親父に注意する様子もなく、いつも平然としていました。そのため私たち兄弟は、親父が家にいないのは特別なことではなく、どこの家庭も同じなのだと思っていました。反対に、たまに親父がいる時は、お袋に対してきつい口調で当たるので、あんなヤツいない方が良いとさえ思っていたくらいです。親父に当たられてお袋が泣いていたのも記憶にあります。

しかしよその家庭には、毎日父親が帰ってくるものだと知らされた時はショックでした。ある時学校の先生から、父親参観の書面を持たされ「明日までに返答をもらいなさい」と言われました。私が「今日、お父さんが家にいなかったらどうしよう」と返すと、クラスメイトは首をかしげました。みんなの家には毎日父親がいるというではないですか。父親がいない我が家は普通じゃなかったのかと、ようやくそこで気づいたのです。

修羅場

こんな悲しい思い出もあります。私が小学4年生になったある日、親父に連れられて高知にある親父の実家へ遊びに行ったことがありました。親父と私、小学1年生の弟教文(のりふみ)、それにもうひとり同行者がいました。大人の女性でした。私たちはその時詳しい事情を知りませんでしたが、その人はとても優しく、私たちは父の実家や観光地を巡り高知への小旅行を楽しんで帰りました。

自宅に戻り、親父との旅行のことを話していると、お袋の表情はどんどん曇っていきました。私は何もわかっておらず、悪気もなく一緒に行った女性のことまでありのままを話してしまったのです。

その夜、お袋は私と弟を連れて外へ出かけました。ひと言、「ついて来なさい」と言ったきり、行き先も、目的も、何も話しませんでした。お袋は顔つきからして恐ろしかった。心ここにあらずといった様子で、声をかけることすらはばかられるピリピリとした空気が伝わってきました。無言が怖いと思ったのはこの時が初めてでした。とにかく、お袋はなぜかものすごく怒っている。あんなお袋の顔は、後にも先にも見たことがありません。

途中から、親父が住んでいるであろうと思われる家へ向かっていることに気づきました。これから起こることをうっすらと想像して、血の気がサーっと引いていきました。しかし、私にはもはやどうすることもできません。いつもよりだいぶ早足のお袋の後を、必死でついて行きました。

ドアを開け階段を上ると、親父は奥の部屋で女性と寝ていました。あの小旅行で一緒だった女性でした。お袋は部屋の奥へ入って行き、泣きながら女性の髪の毛を掴み、激しい口論となりました。親父にも掴みかかりました。

私と弟は、ただその場に突っ立ったままで修羅場を見ていました。弟は泣きじゃくり、私にはなだめる余裕もありません。私も涙が止まらず、その後どうやって帰ったのか、今でも思い出せません。

親父は、結婚している身で、愛人と自分の息子たちを四国の実家へ連れていったというわけです。テレビのワイドショー顔負けの本当にあった話です。

そして数日が過ぎ、母に連れられて家庭裁判所というところへ行きました。

「君はお父さん、それともお母さん、どちらと住みたいの」と、裁判所の人に聞かれました。

「お母さんです」

私は震える拳を握りしめながら迷わずそう答えました。


私が小学校5年生、弟が2年生の時、両親が正式に離婚しました。その時母には定職がなく、親権を与えられなかったため、私たちはしぶしぶ親父側に引き取られました。あの時親父と寝ていた女性が私と弟の世話をしてくれました。

彼女は親父が通っていたスナックのママさんです。親父より1つ年上でバツイチ同士のカップルでした。その時はすでに親父の資金でスナックを開店していました。本当に心優しい人で、私たちによくしてくれました。しかし私たちは、お袋の気持ちを思うと、どうしても「お母さん」とも「ママ」とも呼べませんでした。

私たち専用の部屋に新しい2段ベッドがあり、当時流行っていたサッカーゲームまで買って用意してくれていました。

ママさんは優しくて、何不自由のない毎日でした。けれども、私たちの居場所はそこにはなく心が満たされないという気持ちが日に日に募っていました。

結局、3ヶ月もしないうちに、私は弟と家出してしまいました。

「お兄ちゃん、これからどうするの?」

まだ幼い弟が、何度も聞いてきました。私はそれに答えず、ただ弟の手をギュッと握り、ひたすら歩きました。できるだけ親父のマンションから遠くへ行かなければ……。考えられることはそれだけでした。

大阪の街を歩き回っているうちに、やがて夜になりました。足もクタクタでお腹も空いて、途方にくれているところを警察に保護されました。迎えにきてくれたのは、親父ではなくお袋でした。

お袋は私たちを見るなり駆け寄って、抱きしめてくれました。私と弟は、なんだかとても安心して「お母さん、お母さん」とワアワア泣きじゃくりました。

なぜだかわかりませんが、それからはお袋と一緒に暮らせるようになりました。今思えば、突然私たちを引き取ることになり、お袋はさぞかし苦労したことでしょう。1人暮らしを始めていた母の住まいは4畳半のひと間で、トイレも風呂もない小さなアパートでした。2日に1度、3人で近所の風呂屋へ行ったのを覚えています。2段ベッドがなくても、サッカーゲームがなくてもいい。恋しかったお袋と一緒に暮らせることが心底嬉しい、そういう気持ちでした。

父親がいない生活は、大変なこともありました。貧乏で常に苦しかったし、お袋は必死で働いていました。お袋の背中を見ながら、自分のことで苦労させまいと我慢したことも数知れずありました。家族で外食を楽しむなどもってのほかでした。家でお袋がつくるおかずはおでん、カレー、オムレツの3種類しかありませんでした。遠足や社会科見学の時も弁当のおかずは決まっておでん、玉子、のりの組み合わせでした。すき焼きや寿司などごちそうを食べることは盆や正月でも一切ありませんでした。それでも私と弟は、お袋がつくる温かい料理が大好きでした。

当時は、両親が離婚するというのがとてもめずらしく、世間ではそういう家庭の子どもたちは不良になるイメージが定着していました。

小学校では担任の先生が私のことを心配して「高橋（父の姓）は両親

が離婚したけれど、それは気にせずに付き合うように」とクラスメイトに言ってくれました。しかしこれが災いして、このあとすぐに「貧乏人」のレッテルが貼られ、イジメが始まりました。

グッと歯を噛み締め、心に誓いました。

「絶対にこいつらを見返してやる。そして、弟に惨めな思いはさせるもんか」

この時の「悔しい思い」が、私の「ナニクソモチベーション」の始まりでした。

小学5年生の私は体が決して大きくなく、喧嘩も弱かった。足も遅くて運動会の花形にもなれません。そこで、貧乏という逆境に打ち勝つために工夫し始めます。

6年生になった私は、弟と話し合い目標を持ちました。

「お兄ちゃんは弁護士になるから、お前は医者になれよ」

当時、成績優秀な子どもは弁護士か医者を目指すのが通例でした。

そうして計画を立て、互いに励まし合いました。「高橋兄弟貧乏脱出大作戦」の旗上げです。人生の荒波にもまれ、兄弟の絆はとても強くなりました。父親がいないからこそ、無意識に2人で助け合って生きていました。

その時は気づきませんでしたが、つまり私は親父の代わりに弟の父親役をやっていたのだと思います。小学6年生の時は家計を助けるために、早起きして新聞配達もしました。弟がいたからこそ、私もしっかりしようと頑張ることができたのです。

その後、弟はコンビニでアルバイトをしながら名古屋大学医学部を卒業し、神経内科の医師になりました。大病院で診療しながら、学会への発表も続け頑張っています。甥っ子にあたる菅田将暉が医学生の役をもらった時には、菅生教文医師がリアルな役作りのアドバイスをしてくれました。

理想の父親像を求めて

そういうわけで、私はごく一般的な「父親像」を持たぬまま父になりました。私の親父との思い出は、あまりに少ないうえに嫌なことばかりでした。

父親は家にいないし、お袋を泣かせるロクデナシなのだ。これが世の中の一般的な父親だと勘違いしていなければ、私たち兄弟は傷ついてボロボロになっていたかもしれません。お袋が日常的に文句を言わなかったことも救いになっていました。疑いもなく、親父とはそういうものだと信じていたため何も期待しなかったのです。

自分が父親になって、あらためて思うことは、「普通の父親」など存在しないということです。みんなそれぞれ家庭の事情を抱えた人間なのです。母親のように自然に母性本能が働き出すわけではありません。しかしモデルとなるイメージがまるでない、というのも、それはそれで困りました。

私には、父親が一体何をすべきなのか、どういう存在なのか、見当もつきませんでした。そこで長男大将が生まれたのです。

妻は日に日に母親らしさを増して行きます。私はなんだか、どうして良いのやらわからずに過ごしていました。

仕事から帰ると、可愛い大将の寝顔を見ながら、私の果たすべき役割について考えるようになりました。私は子どもの頃、親父に何をして欲しかったのだろうか。私はこの子にどんなことができるのだろうか。自問自答が続く毎日でした。

父親不在の幼少期にいろいろ辛い思いをしましたが、今私は、結果的に「現在の幸せ」につながり良かったと考えるようにしています。もしその経験がなければ、「父親とは」などと考えることはなかったでしょうから。

私には、子育てのバイブルにしている本があります。それは、プロ野球選手のイチローを育てた父、鈴木宣之さんの著書『父と息子 イチローと私の二十一年』(二見書房)です。

鈴木さんは、イチローが小学2年生の終わり頃から、毎日休むことなくイチローの野球の練習をアシストしました。それが父と息子、男同士の約束だったのです。仕事よりイチローとの約束を優先し、まっとうしたのです。

鈴木さんは、父親として野球を指導するということはせず、常にイチローの目線で、野球を楽しんでいたようです。練習や訓練とは思わず、息子と一緒に遊んでいる感覚に近いと書かれていました。

課題が見つかれば一緒に考え、息子が出す答えがいかなるものであっても、信じてやる。それが、子どもをノビノビと育てることにつながったのかもしれません。

私はこの本を何度も読みました。すると父親というおぼろげな像が、少しずつハッキリ現れてくるのを感じました。

父親は偉そうに威張るのではなく、対等であればいいのだ。子ども自身の主張を尊重して、私も父としてこの子と一緒に育って行こうと思いました。

鈴木さんをテレビで見た時、「イチローに感謝しています」と話していました。私も息子に感謝できる父親になりたい、そう強く思いました。

父と息子という関係では、「タイガー・ウッズ父子」のことも思い出します。1997年、ゴルフ4大大会のひとつであるマスターズで21歳のタイガーが優勝した時、泣きながら抱き合った父子の姿にとても感動しました。当時、クリントン大統領が「昨日のタイガーのショットは素晴らしかった。その中でも、父子の抱き合うショットがナンバーワンだった」とコメントしていたほど、印象的なシーンでした。

父親は、子どもにとって大きな存在です。自分の気分で命令したり、頭ごなしに否定したりしてはいけない。かといって放任もいけません。一番大切なのは、子どもが何を考えているのか、じっと見て理解をしてやることです。

親であっても人間ですから、感情的になりそうな時もあります。それを我慢してこらえることが大切だと思います。

それまでの私は、自分の感性の赴（おもむ）くままに生きてきたようなタイプでした。

しかし、父親となってからはそれでは通用しません。父親が感情で物事を運んでは、子どもが混乱してしまうからです。

父親業とは、**論理的に物事を伝える**修行である。そう考えるようにして、私は自分の中に父親像を作って行きました。

母となった妻の役割

私は、父親と母親の役割には違いがあると考えています。

人生には、「論理的に考える力」と論理とは別領域に育む「心の豊かさ」の両方が必要不可欠です。ですが、男親というのはどういうわけか、情緒的なことを教えるのが苦手な人が多いのではないでしょうか。そういうものは女親から伝えるほうが良いようです。ズバリ、躾(しつけ)は母親がしたほうがいい。加えて言えば「思いやり」「優しさ」も母親から学んだほうがいい。

私の妻は、大将が生まれる前から、子育てについて勉強熱心で努力家でした。しかし話すことはどこか論理性に乏しく、感情的なことを優先しているような自然体のところがありました。それは決して悪い意味ではなく、大らかな決断ができるという意味ではむしろ羨（うらや）ましく、私が敵（かな）わないと思うところです。

自然分娩の素晴らしさや、肌に良いオムツのことなどを教えてくれたのは妻です。医学的には疑問が残ると思っても、そういうことは二の次で、子どもたちにとっての最善を感覚的に見出せる本能が備わっているのだと感じます。私はどうしてもじっくり論理的に考えてしまい、そのスピード感だと子どもの変化に追いつけません。

よく言われるのが、女親は子どもが生まれる前から自然と母性が育まれるものですが、男親は生まれた後もなかなか父性が育たず、子育てにどのように参加してよいのかわからない、ということです。

『世界標準の子育て』（ダイヤモンド社）によると、各国の高校生対象のアンケート「私は価値のある人間である」という質問にイエスと答えた割合が、日本は7．5％、韓国では20．2％、中国42．2％、米国57．2％であったとのこと。裏返せば、「自分に価値がない」と感じている日本の高校生は実に92．5％いるということでした。自尊感情を育てるのは、親から得る愛情ではないでしょうか。無条件に愛され、自分は必要とされる存在であるということを心に根付かせることができるのは赤ん坊の側からみても、3歳くらいまでだそうです。ですからこの間に大事なのは、ひたすら無条件に愛されていると感じさせることだと言われています。

私は妻の選択に乗っかって、自宅出産の経験をしたおかげで、子どもと同じチームになれたと感じています。子どもとの一体感は、病院での分娩では叶わなかったかもしれません。

子どもたちが生まれてからも、私は仕事が忙しくて、なかなか子育てを手伝えていません。そのため妻には、大変苦労をかけていると思います。妻は文句ひとつ言わず、3人のワンパクな坊主たちを育ててくれています。妻も以前は働いていましたが、大将が1歳になる前、「子育て業」を職業のように選択しました。

母親は、優しさの象徴であってほしいと思っています。人生には、理屈でどうにもならないことがたくさんあります。そういう時に、

「あなたなら絶対に大丈夫」

「あなたは、とてもすごいんだから」

と、何の裏付けもなく笑ってくれる存在は、かけがえのないものです。

母親までもが理詰めで話をしてしまえば、子どもは何をやるのにも怖がってチャレンジしなくなると思います。ですから、「裏付けなしに自信を持たせる」ということが大切です。

私自身も、妻の性格の明るさと、裏付けのない励ましに、今でも助けられていますし、息子たちもそうなのだと思います。

父からは論理性。母からは優しさ。

私たち夫婦は役割分担をして、尊敬し合いながら共に子育てについて考えてゆくチームでありたい、そう思って今日まで来ました。

母親業と言えば、これから私のお袋について、そして私の幼少時代について話したいと思います。

第3章
私の少年時代

水色のランドセル

私が小学生になる前のある日のことです。

お袋が私にランドセルを買ってきてくれました。これが、ありえないようなランドセルで、私のその後の性格を形作り、人生が変わったきっかけだと言っても過言ではありません。

今の時代であれば、ランドセルといえばピンクだとかパープルだとか、ステッチはまた違う色にするなど、ものすごい数の色の選択肢があるでしょう。つい先日も渋谷の「ニトリ」へ行くと、カラフルなランドセルが数多く並んでおり、そのバリエーションの多さに感心してしまいました。しかし、私の時代はそうではありません。男の子は黒、女の子が赤と判で押したように決まっていました。そのほかの選択肢などありえない時代でした。しかしお袋が私に買ってきたものは、当時の「決まり」から外れていました。

私が手渡されたのは、目が覚めるような鮮やかな水色のランドセルです。

「新(あらた)、ランドセルやで」

私は「ありがとう」とは言えず、頭を抱えてしまいました。

一体こんなものがどこに売られていたのだろうか。

お袋はいったい、どうしてこの色にしたのだろうか……。

頭の中はクエスチョンマークでいっぱいです。

どうしよう、みんなと違う。

それはつまり、イジメの対象になりやすいということでした。これはまずいことになった。

「これが嫌だ、あれが良い」など、ワガママを言えるような境遇ではありません。とはいえ、なんとかしなければなりません。

私は作戦を練りました。この水色のランドセルでも学校で生き抜く方法を必死で考えたのです。そうして、私のイメージシンボルとして、このランドセルを6年間しっかり使うことにしました。

猛勉強

「まず、このランドセルにふさわしい自分になろう」

そう思いました。それは、何かに秀でたキャラクターを目指すということ。

「優秀な児童になって、周りに一目置かれるしかない」

当時の私に考えつく先はそれだけでした。

そういうわけで、小学校1年生から猛勉強をスタートさせました。すべてはランドセルと共に生き抜くための知恵です。クラスの友達と同じように「鉄腕アトム」や「スーパージェッター」といった流行りのテレビ番組を見ているふりをして、その間も勉強に費やしていました。

そして私の努力が実り、小学低学年の頃、成績はずっと1番を取り続けるようになりました。近所から「神童」と噂されたほどです。「水色のランドセルを持つ神童」。学業の神様になったつもりで、ピシっとしていました。

中学に入り、弟の勉強も私が見ていたせいもあって、3年間兄弟そろって学年トップを維持しました。当時は中間テストと期末テストの順位が廊下に貼り出されていて、お袋は近所でもさぞ鼻高々だっただろうと思います。

しかし、お袋は子どもたちを全く褒めない人でした。「勉強しなさい」とは1度も言いませんでした。ただ一言、

「私の子だから、優秀なのは当たり前」

そう言っていました。

お袋は、若い頃はとても成績優秀で、将来は教師になろうと思っていたそうです。しかし当時、女性は社会的地位が低く弱い存在として見られており、父親から「女が教師になるとは何事だ」と猛反対され、夢を断念したということです。私たちを褒めなかった裏には、「学業を続ける幸せを自覚してほしい」というお袋なりの教師になることへの未練があったのかもしれません。希望が叶っていたら、大阪教育大へ進学して教師になっていたと言っていました。

先日、笑福亭鶴瓶さんの番組「家族に乾杯」（ＮＨＫ）に出ていた息子がこんなことを話していました。

「僕、ランドセル青やったんですよ。１人だけ学校で。親父が派手好きで、お前一番目立てよって言われて。ごっつ嫌やったんですけど……」

実は私はそのことを全く覚えていなかったのですが、後から妻に確認すると、間違いなく私が買い与えたのだと言われました。水色に近い青色のランドセルだったそうです。私は自分がたくましくなったきっかけをつくったランドセルを大将にも持たせていたのです。

働くお袋の背中

大阪へ出てから、親父は地元の信用金庫で働いていたのですが、あまり家に帰ってこなくなり、生活費の問題はどうしていたのかはわかりません。

お袋は本当によく働く人でした。貧乏で苦労していたので、いつも働く必要があったのかもしれません。背中には弟をおんぶして、回転焼を焼く姿が今でも目に浮かびます。

お袋はその後、店を化粧品店に変えました。かつて化粧品のセールスで全国を飛び回っていたのですから、当然の成りゆきだったのかもしれません。化粧品会社の本社からの派遣の方だと思いますが、綺麗なお姉さんが出入りするのが楽しみで、店に行っては見とれていました。当時、テレビで流行っていた「かわいい魔女ジニー」にそっくりなお姉さんで、子どもながらに胸をときめかせていたのを覚えています。

私はお袋が働く姿を見るのが好きでした。

その次のステップとして、私が小学校4年生の時には、どういう訳だか喫茶店に住んでいました。親父が銀行から借り入れをして手に入れた自宅兼店舗で、「リズム」という店でした。あの頃は家に帰るのが本当に楽しみでした。当時、どこの家庭にもクーラーがなかった時代にクーラーがきいた喫茶店に暑さをしのぎに行き、よくミルクセーキを飲ませてもらいました。大きな釜に作りおきしていた美味しい手作りカレーも食べました。ジュークボックスがあり、ザ・フォーク・クルセダーズの「帰って来たヨッパライ」や、ザ・タイガーズの「僕のマリー」「君だけに愛を」など、往年の名曲が流れていました。

お袋は店を切り盛りしながら、子どもの相手をしなければならず大変だったと思います。そんななか私たち兄弟は、アルバイトのお兄さんやお姉さんに連れられて、映画館に行きました。初めて観た映画は、当時大流行の『猿の惑星』で、私の映画好きの原点です。

両親が離婚してからは、お袋はデパートの地下にある惣菜売り場で正社員として働いていました。

学校が休みの日は弟を連れて、お袋が働いている姿を見に行きました。お袋は子どもが休みの日にどこへも連れて行けないので、私たちをデパートへ呼んで小遣いを与え、屋上の遊園地やオモチャ売り場で1日中遊ばせてくれました。普通の家庭のように、家族でドライブや旅行に行くことは無理だったわけですが、息子を職場で遊ばせることがお袋にとっては最大限の家族サービスだった訳です。

冬のある日お袋が仕事を終えて、家の最寄駅に帰ってきた時のことです。迎えに行った私がいる道の横に、軽トラックの焼き芋屋が停まっていました。香ばしい匂いにつられて、お袋にねだりました。すると、

「ごめん新。お母さんお金がないんや」

そう言って、財布の中を見せられました。そこには10円玉がたったの3枚しか入っていませんでした。寒さとひもじさで私はお袋と二人で泣きました。

当時、母子家庭でお金がない家庭の子どもたちは、中卒ですぐ働きました。高度成長期でしたが、貧しい家も多かった時代ですから、特別自分たちが不幸な境遇であると意識したことはありません。しかし財布の中の3枚の10円玉から、現実がドッと押し寄せてくるようでした。私の家は、それほどお金がないのか……と。

それならば、義務教育が終わったら働いて、家を助けようと思うのが普通の子どもです。しかし、私たち兄弟はそう思いませんでした。

私たちはしっかり勉強して、進学することを誓い合いました。私は弁護士に、弟は医者になるのだと目標を定めていたのです。そのために何をすべきか、弟とミーティングを重ねながら励まし合いました。

貧乏だけど優等生

私は小学校低学年までは成績が良かったのですが、転校をくりかえし、途中からは平均的な児童となっていました。自分たちはどうすべきかと弟とミーティングを重ね、中学からは秀才に戻ろうと決心しました。

私が進学した公立中学校は、大阪市内にある1学年13クラスのマンモス校です。学区内の3つの小学校から児童たちが集まるのですが、家庭の事情で越境通学していた為に、私と同じ小学校から進学した生徒はいませんでした。中学進学と同時に、オール3だった平凡な小学生時代を払拭し「エリートの菅生新」をブランディングしようと努めました。子どもながらに、かなり抜けめがなかったと思います。

初めての中間テストで、私は平均95点を取り、おそらく学年で1番の成績を達成していました。

小学校低学年で猛勉強していたせいもあって、勉強のコツは掴んでいましたが、それでも高得点を取るために苦労しました。家が貧乏なので、教科書以外に参考書が欲しくても買えないのです。だから毎日、本屋で立ち読みして、参考書の隅から隅まで丸暗記して帰りました。

当時クラスメイトがみんな見ていた青春ドラマ「飛びだせ！青春」という番組も見たふりをして、友人と話を合わせていました。テスト2週間前からは自らテレビを禁止して勉強に励みました。

友人の家は皆大きくて、個人の勉強部屋があり、机も参考書もありました。しかし私の家はアパートの6畳1間で机もなく、ちゃぶ台が勉強机がわりでした。汚いアパートにはゴキブリやナメクジ、ヤモリがよく現れました。

学年トップを目指すなら、クラスメイトを出し抜くくらいの努力が必要でした。私は学習する環境が整えられないという大きなハンディを何とか克服しようと奮闘したのです。

1年目の夏休みに、堺の府営住宅に引っ越すことになりました。母が府営住宅の抽選に当選したのです。

それまで私と弟の苗字は父親の姓の「高橋」でしたが、中学1年の2学期に転校することになり、母親の姓の「菅生（すごう）」を名乗るようになりました。スゴー家の誕生です。初めは友達に名前を呼ばれても、誰のことだかわからずに振り向きもしませんでした。

泉北ニュータウンというのどかな田舎でしたが、まだ新築したばかりできれいな建物でした。２ＬＤＫの心地よい間取りです。それまでの家はボロボロでしたから、真新しい部屋に住めて飛び上がるほど嬉しかったことを覚えています。

しかし新居に引っ越してから、ひとつ問題が発生しました。新しい中学校は、学校全体の偏差値がとても低かったのです。前の学校の担任の先生が、私の成績でニュータウンの学校に行くのはもったいないと心配し、転校先の学校へ紹介状を書いてくれたほどです。「環境が人を作る」という問題にも直面しました。中学を卒業したら家業を継ぐ農家の子息が多い地域にあるこの学校の生徒は、あまり熱心に勉強しません。同級生の家へ遊びに行くと、だいたい牛がモーモー鳴いている農家でした。

このままでは、いくら自分だけが頑張っても、全国レベルではかなり下のランクになってしまう。これではいけないと思い、環境を変える努力をしました。

中学2年生になってから先生の許可をもらい、私が中心になって新しく「学習委員会」を発足させました。ガリ版（当時のコピーのようなもので、手で版を掘り、複写するもの）を刷って、勉強のノウハウを生徒に伝えるところから始めました。心を込めて何部も作成し、配布しました。ある先生は私のそばまで来て感心し、またある先生は遠くから静観です。

「勉強は意義あることだ」

そう広めて、私は使命感に燃えながら学年全体の成績の底上げを図りました。

私は勉強を教えるのが得意でした。なぜなら「学研ニューコース」という参考書を本屋の立ち読みだけで丸暗記するのが日課だったのですから、教科書レベルの問題は訳なく解けたのです。

いま、学びたい子どもが貧乏で学べないというニュースもあるようですが、貧乏していても、やろうと思えばいくらでも勉強する方法はあると私は自分の経験から確信しています。

立ち読みを勧めている訳ではありません。誰かのせいにしていても、誰かが救ってくれる保証はないのですから、自分で切り拓いてなんとかしようという心意気が大事だと言っているのです。しかし、当時からそう考えていた訳ではありません。ただ、ガムシャラにやっていただけなのです。私の心にはいつだって崖っぷちの「ナニクソモチベーション」が燃えていました。

私が持っているノウハウは、すべて学校の仲間に教えました。教えることによって、またしっかりと教える自分の頭に入ります。成績はずっと学年トップをキープしました。

私の努力は徐々に成果を発揮し、進学校へ進もうとする生徒が増えてきました。なんと、その学区1番の高校へ7人も受験できたのです。大部分の先生は、生徒たちが急に勉強し始めたので、何が起こったのか不思議に思ったに違いありません。私は学校全体の成績の底上げを図り、環境を変えることに成功したのです。

50歳の頃、中学校の同窓会がありました。その時、中学3年生の担任だった女の先生が「あなたたちの学年からこの中学の成績レベルが上がったのよ」と話しました。それを聞いていたある同級生の友人がツカツカと私に歩み寄り、

「先生はわかっていないな。菅生が転校して来なければ、僕は医者にな

れていない。菅生のおかげや」
そう言ってくれました。それを聞いた時、ガムシャラに立ち向かって皆の成績を上げようとした少年時代の自分は正しかったのだと証明されたような気になりました。

貧乏、ランドセル、学校の問題。私は逆境に強くなっていきました。人生を切り拓くのは運だけじゃない。強く願って突き進めば光が見える。子どもながらにそう信じていく様になりました。

勝手なことを言いますと、この時の「勉強のコンサルタント」として奮闘したことが、今の私につながっています。当時14歳、言い換えれば「コンサルタントとして創業45周年」になるということです。

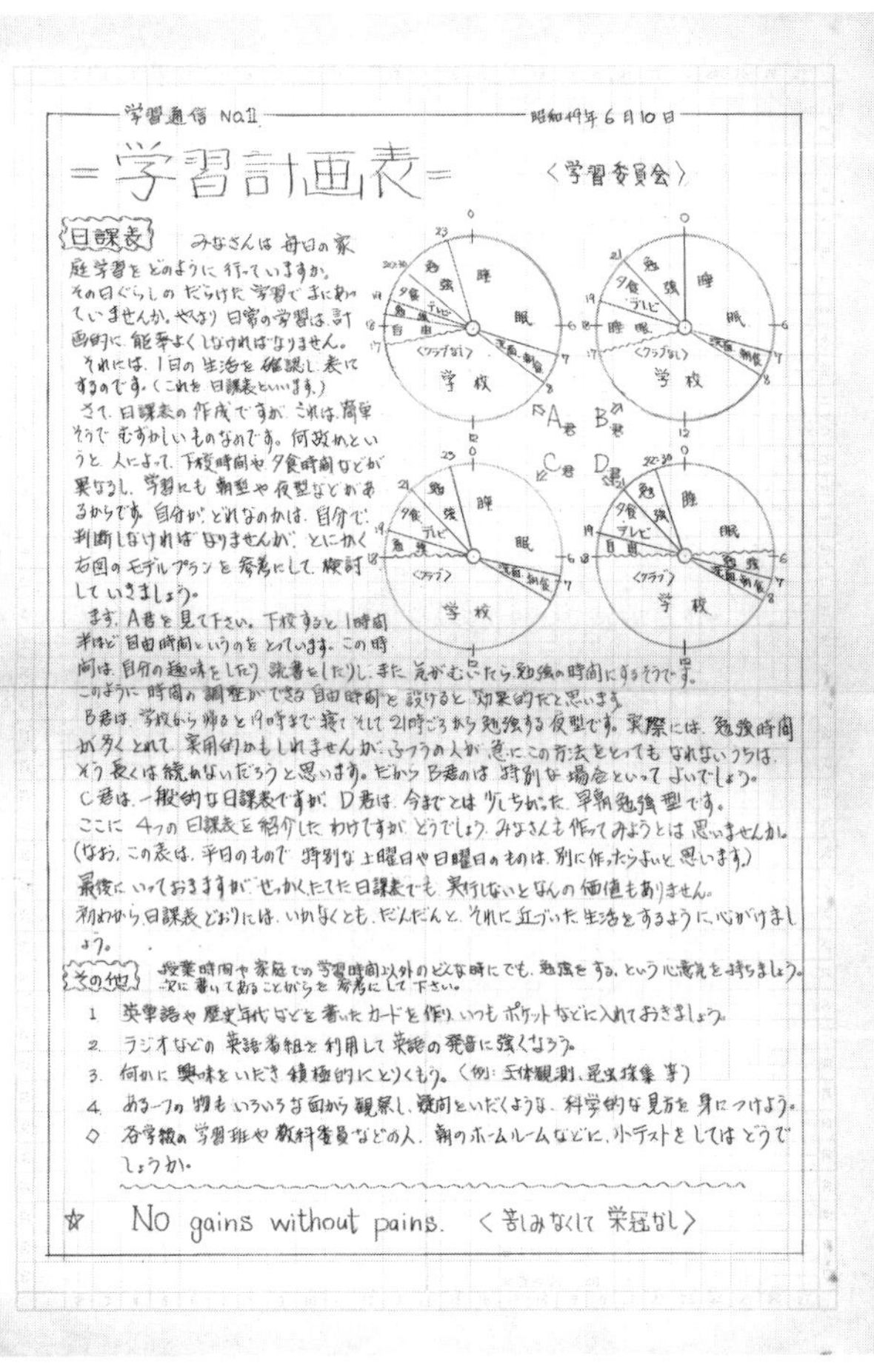

学習通信 No.11　　　　　　　　　　昭和49年6月10日

＝学習計画表＝

〈学習委員会〉

日課表　みなさんは毎日の家庭学習をどのように行っていますか。その日ぐらしのだらけた学習で手におわれていませんか。やはり日常の学習は、計画的に能率よくしなければなりません。

それには、1日の生活を確認し表にするのです。（これを日課表といいます。）

さて、日課表の作成ですが、これは、簡単そうでむずかしいものなのです。何故かというと、人によって、下校時間や夕食時間などが異なるし、学習にも朝型や夜型などがあるからです。自分が、どれなのかは、自分で判断しなければなりませんが、とにかく右図のモデルプランを参考にして、検討していきましょう。

まず、A君を見て下さい。下校すると1時間半ほど自由時間というのをとっています。この時間は、自分の趣味をしたり読書をしたりし、また気がむいたら勉強の時間にするそうです。このように時間の調整ができる自由時間を設けると効果的だと思います。

B君は、学校から帰ると19時まで寝てそして21時ごろから勉強する夜型です。実際には、勉強時間が多くとれて実用的かもしれませんが、ふつうの人が急にこの方法をとってもなれないうちは、そう長くは続かないだろうと思います。だからB君のは特別な場合といってよいでしょう。

C君は、一般的な日課表ですが、D君は、今までとは少しちがった早朝勉強型です。

ここに4つの日課表を紹介したわけですが、どうでしょう。みなさんも作ってみようとは思いませんか。

（なお、この表は、平日のもので特別な土曜日や日曜日のものは、別に作ったらよいと思います。）

最後にいっておきますが、せっかくたてた日課表でも、実行しないとなんの価値もありません。

初めから日課表どおりには、いかなくとも、だんだんと、それに近づいた生活をするように心がけましょう。

その他　授業時間や家庭での学習時間以外のどんな時にでも、勉強をする、という心意気を持ちましょう。次に書いてあることがらを参考にして下さい。

1. 英単語や歴史年代などを書いたカードを作り、いつもポケットなどに入れておきましょう。
2. ラジオなどの英語番組を利用して英語の発音に強くなろう。
3. 何かに興味をいだき積極的にとりくもう。（例：天体観測、昆虫採集 等）
4. ある一つの物もいろいろな面から観察し、疑問をいだくような、科学的な見方を身につけよう。

◇ 各学級の学習班や教科委員などの人、朝のホームルームなどに、小テストをしてはどうでしょうか。

☆ No gains without pains. 〈苦しみなくして栄冠なし〉

初めての挫折

しかし、高校受験で、挫折を味わいました。

合格発表の朝、掲示板に私の受験番号「15番」がない、何度見直してもないのです。

「手応えがあったのにこんなはずはない」

私はその場に呆然と立ち尽くしました。悔しさと虚しさでいっぱいでした。

会場からの帰り、坂道の先にあった踏切の前で、辛くて、辛くて、いっそ帰らずにこのまま電車に飛び込んでしまおうかとさえ思いました。

私が成績を引っ張ってきた友人たちが合格し、私が落ちた……。

当時は、実力があっても、金銭的な理由で志望校へ進学できない子たちがたくさんいました。今では考えられないことですが、先生たちが家庭の経済状況を考慮して生徒の進学先を変更してしまうことがあったのです。

私が受験校を決める際、校長室に直々に呼び出されました。

「菅生は、進学したくても、お母さんには私立の学費が払えないだろう」

教頭先生と担任の先生に志望校を変えるよう説得されました。つまり、滑り止めの私立高校の学費は高くて払えないだろうから、公立のランクを落として、確実に合格できそうな学校を選ぶべきだと言うのです。

もっともらしいアドバイスに聞こえますが、実はＰＴＡの役員や地域の有力者の子弟に内申書の点数を譲るためでもあるのです。理不尽ではあってもそういう時代でした。

しかし、私は今まで一生懸命、中学全体の成績のレベルを上げるために頑張って来たのです。ほかの生徒に成績を抜かれたわけではないのに、金銭面の問題だけでランクを落とすことは絶対に納得できません。これほど悔しいことはない、ここで諦めてしまえば一生この挫折を引きずることになる。

私は、先生たちの助言を振り切って、第1志望の公立高校を受験すると決めました。

私はそこから受験まで毎日、先生たちに言われた一言一言が毎日重く心にのしかかってきます。悔し涙で眠れない日々が続きました。そして、そんなストレスをかかえた精神状態での受験は失敗でした。

神に見捨てられたのかもしれない。

このまま中卒で働く運命なのか……。

ショックは並ではなく、私はネガティブな意識に飲み込まれてしまいそうになっていました。目の前が真っ暗になりました。

滑り止めに受験した私立高校には合格しましたが、当時のお金で年間50万円ほどの学費がかかるのです。先生たちの忠告が現実となって押し寄せてきます。

お袋の手取りは、当時月11万円くらいですから、そんな莫大な学費を出せるわけがありません。しかし、私はどうしても進学したいのです。ここで諦めたら一生が台無しになってしまう。私は激しく動揺し焦りました。

家では合格発表を心待ちにした母が待っていましたが、その日のやり取りは記憶が定かではありません。

家に帰ってしばらくしてから、ぼんやり考えました。

「今まで、誰よりも頑張ってきたじゃないか」

すると少し冷静さを取り戻し、自分を鼓舞する気持ちが湧いてきました。

「ここで負けてなるものか」

再会

私は落ち込んだ気持ちをなんとか持ち直そうとしました。そして、生まれて初めて親父に助けを求めました。入学金と学費の工面のためでした。

私が小学生の頃、弟の手を引っ張って家出した時以来の再会です。

久々に見る親父の姿に懐かしい気持ちもありましたが、公立高校の受験に失敗した悔しさが勝っていました。

親父は相変わらずな感じで、新しい奥さんと一緒に暮らしていました。

「新、大きくなったなあ」

私はあれからだいぶ身長が伸びていましたから、私を見て、親父はとても喜んでいました。そして私と弟の成績が優秀なのを聞いて、大変驚いていました。あまりに喜んでくれたので、少し気分が楽になったのを覚えています。そこで私は、意を決して切り出しました。

「私立に進学する学費を、出してもらえませんか……」

その時、親父は嫌な顔一つせず、「わかった」と言って頷いてくれました。

私たち兄弟にとっては、父親らしい父親ではありませんでしたが、この時ばかりは胸を撫でおろし、親父に心から感謝しました。この時に助けてもらえなかったなら、今の私はないのです。

ところで、絶縁状態になっていた親父と、この時どうやって連絡を取ったのかいまだに記憶があいまいです。もしかしたらお袋が連絡先を教えてくれたのかもしれません。あれだけひどい目にあったのに……。

一生のことに関わる大きな心配事がなくなって、私はほっとして家に帰りました。ところが弟は、私が親父に助けを求めたことを知って激怒しました。あの従順な弟が、「約束が違うじゃないか」と凄い勢いで食ってかかってきたのです。

できることなら私も親父に頼りたくはありませんでした。しかし私には、将来支えなくてはならないお袋の存在があり、弟のことも私が助ける覚悟でした。すべては、家族のためだと割り切るしかありませんでした。

私たち兄弟は、お袋を不幸せにし、父親らしいことを何もせず逃げた親父を「初めからいなかった人」として記憶の外へ追いやり、2人で助け合って生きていました。親父のいいところを一つも覚えていない弟にとって、親父は「最初からいない人」であり、その気持ちは兄も同じだと信じていたのに裏切られたと思ったのでしょう。

弟はその後、私が受験に失敗した公立高校にみごと合格してくれました。私は自分が不合格になった日のことを思い出し、自分のことのように嬉し涙が出てきました。兄の分まで頑張ってくれて本当にありがたい気持ちでした。

進学、そして上洛

私は大阪府で1、2を争う進学校の私立清風南海学園高等学校へ進学しました。

お袋は合格祝いだと言って3千円もするベルボトムのジーパンを買ってくれました。

「新、お祝いやで」

ところが入学を果たしてからは、すっかり学業に身が入らなくなってしまいました。授業は真面目に聞いているつもりなのですが、頭に入ってこないのです。ふと気づくと、窓の外ばかり眺めていました。

そうして、徐々に成績が下がりはじめました。受験に失敗して受けたショックや、学費の工面で奔走した疲労感が尾を引いていました。自分の力なら成績はいつでも取り戻せると思いながら、どうにもならないところまで落ち込んでしまったのです。

あの時もう少し頑張っていたら、また違った運命を辿ったことと思います。医者か弁護士か大学教授を目指していたかもしれません。やればできるけど、やらなかった。今思い返すと、やはり悔しいし少し情けないです。

その後、成績はどん底ながらも、なんとか同志社大学へ進学できました。

大学は京都なので、一人暮らしを始めました。月1万3、500円、風呂、トイレなしのアパートを借りました。学費は分割で借りた高校時代からの奨学金と、父に借りたもので賄いました。

そして私は、ちょっぴり変わったアルバイトを始めました。実は私も昔、俳優をやっていたのです。

第４章
ちょんまげ付けて学費を捻出

サムライのアルバイト

大学は、弟とも約束した弁護士になる夢を叶えるため法学部に進みました。しかし学費と生活費を稼ぐためのアルバイトで忙しく、学業に専念できませんでした。そのうち弁護士という目標からは自然に遠のき、別の夢を抱くようになりました。

辛かった中学、高校時代に、よく吉田拓郎さんの歌を聴いて過ごしました。胸に染み入るようなメロディーと歌詞に、歯を食いしばってきた感情のしこりがサラサラと流れ落ちました。音楽には、人をこんなに素晴らしい気持ちにさせてくれる力があるのかと感じ入りました。そのうち私は、吉田拓郎さんのようなシンガーソングライターになりたいと思うようになっていました。

今思うと、私は小さい頃からずっと背伸びをしてきたのかもしれません。

父親の愛人の問題、両親の修羅場、母親との極貧生活、田舎の学校生活、受験失敗と金策。小さな体で、世の中の不条理とずっと闘ってきたのです。私は用心深いシッカリ者でいなければなりませんでした。

しかし大学に入り、アルバイトでお金を稼いで余裕が生まれると、私は等身大の自分と初めて向き合う時間ができました。


私は同志社大学へ通学するため、京都にアパートを借りて自活することにしました。

生活のため、まず大学に貼り出されているアルバイト募集の紙を見に行きました。そしてそのなかのひとつが目に留まりました。時代劇のエキストラの仕事です。アパートから30分ほどの場所に、太秦（うずまさ）という時代劇の撮影所が密集するエリアがあります。試しに1度応募し、格安で購入した単車で行ってみると、これがとても楽しい仕事でした。着物を着て、カツラを被って監督の指示に従う。エキストラなのでセリフはありませんでしたが、その頃は、ちょうど世の中が時代劇ブームの真っ只中でした。目の前で演技する高橋英樹さんや松方弘樹さんといった大物俳優がいて、舞台裏の仕事が垣間見え、思いもよらないたくさんの刺激に満ちた職場でした。

好奇心で始めたアルバイトでしたが、撮影所内に事務所を構えるプロダクションの女性社長から声をかけられました。

「あなた、カツラが似合うし、よかったら明日も来てくれない」

私はその言葉がとても嬉しくて、太秦通いを続けることにしました。

何より面白かったし、ギャラもとても良かったのです。日当は確か3，700円でした。8時間働いても、5分で終わっても同じ金額です。

慣れてくると、だんだんとエキストラ以外の仕事がもらえるようになりました。ちょっとしたセリフがあったり、私専用のカツラまで用意してもらえるようになりました。

太秦のエキストラは、危険手当というものがあり、水に飛び込んだり、階段から転げ落ちたりするとプラス1，000円などオプションで追加のギャラがもらえます。「これは稼げるぞ」とばかり、積極的に危険な芝居もこなしました。

そのためすぐに、自活に必要な給料をもらえるようになりました。部屋にテレビを買って、貯金もどんどん増えました。

私が一人暮らしをしている部屋を、お袋が見に来たことがありました。稼ぎがあるのにお袋に仕送りをしていない後ろめたさから、テレビを隠そうかと思ったくらいでした。この頃私は生まれて初めて生活にゆとりができたのです。

芝居のアルバイトのおかげで、生活費も節約できました。毎日のお風呂は撮影所で入っていましたし、中の食堂は300円くらい出せばしっかり食べられました。特に派手な遊びをすることもなかったので、お金には余裕がありました。当時11万5，000円だった自動車教習所にも行けて、60万円の車をキャッシュで買いました。中古車のダイハツ・シャレードという、当時ちょっとしたブームになっていたレモンイエローの車です。裏の京大の敷地か路上に駐車していましたから、駐車場代もかかりません。学費も払いながら、大学3年生までに100万円以上の貯金ができました。

俳優のバイトはとても楽しい毎日でした。しかし、「俳優になりたい」という気持ちでやっていたわけではありません。周りで頑張っている人たちは、みんな俳優志望でした。私もそうなのだと思われていたと思います。けれども私は、あくまで生活のためにやっていたのでした。

等身大の夢

そんな時、『暴れん坊将軍』（1978―2002年まで放映された時代劇・東映制作）の撮影が入りました。松平健さんが主演でした。その作品には共演として江戸町火消し「め組」の棟梁(とうりょう)役に北島三郎さんが出演していました。私は密かに自分のデモテープを作って、撮影中はずっと持ち歩いていました。北島さんに渡せるチャンスがあれば渡してみよう、と思ったからです。そんなことは、大部屋の俳優仲間たちには口が裂けても言えません。

東京から来る北島さんは、自分の出番の撮影に姿を現し、本当にわずかな時間で撮影を終えて帰ってしまいます。

太秦でアルバイトを始めてからたくさんのスターを目の前で見てきましたが、北島三郎さんは小柄ながらも別格のオーラを放っており、私は恐れ多くて近づくことすらできませんでした。め組のシーンを見守りながら、懐に入れたテープをいつ渡そうか、いつ渡そうかと、迷っているうちにクランクアップしてしまいました。ついに、デモテープは渡せずじまいとなってしまったのです。

渡していたら、今ごろ私はどうなっていたでしょうか。私は今でも歌には結構自信があるので、ひょっとしたら……と思うことがあります。

ただ、勇気と度胸がありませんでした。今となっては20代頃の甘く苦い思い出です。

私は歌手にはなりませんでしたが、音楽はずっと好きで、とくに吉田拓郎さんの大ファンです。音楽の嗜好は大将にも影響を与えたようです。大将が小さい頃に、吉田拓郎さんの歌をよく聞かせていました。大将もすっかり音楽が好きになったようで、歌手デビューも果たしました。私は自分の夢が叶ったかのように嬉しい気持ちでいっぱいです。

大将の音楽性には、少なからず私の趣味も影響を与えていることでしょう。大将はさだまさしさんの歌もテレビで披露していました。「ちゃんぽん食べたか」（ＮＨＫ）というさだまさしさんのドラマでさださん役をやったからでしょうが、あの時代のシブくて良い歌をたくさん覚えているのも影響しているのかもしれません。大阪の実家では、よくギターを弾いているのが聴こえてきます。

世の中には、息子が自分の夢を叶えてくれるということが現実として起こりうるのです。これは、もしかしたら自分が歌手になっているより嬉しいことかもしれません。息子の音楽活動は、最近の私の楽しみの一つとなりました。

菅生家は家族全員が「音楽好き」です。我が家で一番歌が上手いのは次男の健人です。今でも毎日風呂で1時間近く歌いこんでいます。

健人は東京の大学に進学し、すぐにアカペラ部に所属しました。3年生になった今では、全国で結構名前が知られているようです。世田谷区民会館で、リーダーとして170人の部員を率いて、ダンスの振り付けもしていました。

歌手活動を始めた大将に、健人が歌い方のレッスンもしていました。

兄弟デュオを聴けるのは、家族の特権だと私はニンマリしています。

話がそれてしまいました。私の幼少の頃は歌手になりたいという夢を持つこと自体、想像すらできない時代でした。ですから息子たちが夢に向かって邁進する姿が眩しくて、嬉しくて、ついついヨソへ行っても「息子自慢」に走ってしまいます。

就職活動

大学4年生の初夏から、時代劇のアルバイトのかたわら就職活動を始めました。同志社大学の先輩たちの職場を訪問するのですが、いろいろな職場を見せてもらうことができました。

弁護士になろうという気持ちは、もうその時すでに失せていました。

弟は後々、ミーティングで話していた通り医者になるのですが、私は会社員の道へと進みます。

私は、お金を稼ぎたいと思っていました。お袋と弟を支えたいと一心に思っていたからです。どうしたら稼げるようになるのかアパートで考え、部屋中を見回しました。

「テレビや冷蔵庫は単価が高いから商売として良いだろうなあ。売れば売るだけ利益が出る」

「でも待てよ。テレビも冷蔵庫も高いけど重たいじゃないか。運ぶのは大変だろう。人件費も開発費もたくさんかかりそうだし……」

その時、テーブルの上にあった化粧品が目に留まりました。当時流行っていた「タクティクス」というオーデコロンで、今でも愛用しているものです。

「これ、小さくて良いよな、高いし。匂いがついた水が、何千円か……」

その隣には風邪薬がありました。

「薬も良いなあ。病気はなくならないし老人は増えるし。小さくて軽いからたくさん運ぶことができるし……」

私は、商売をやるなら、粗利が大きくて小さなものを売るところが良いと考えました。母の影響もあって大阪商人気質をなんとなく覚えてしまったからかもしれません。

当時はまだインターネットはなく、大学でもらえる「リクルートブック」から各会社の情報を知ります。大きな会社には名門大学から志望者が殺到します。

私は化粧品会社と製薬会社、それに総合商社などを受けましたが、御縁があったのは製薬会社でした。

　私が志望した藤沢薬品工業株式会社は、当時年商2，000億、経常利益320億で実績はダントツでした。「会社が儲かっている」イコール「給料が高い」と思っていましたから、早速入社志望書を提出し面接にこぎつけました。しかし、面接には準備と事前学習がいることを現場で知ることになります。

　面接に挑むため学生たちは徹底的に志望の会社をリサーチして、自己アピールに臨むのですが、私は何も用意していませんでした。頭の良さそうな周りの就活者を眺めながら、「これはもうダメだろうな……」と思っていました。

　ところが、私を面接してくれたのがちょっと変わった人で、ほかの面接官が言うような薬や医療や会社の歴史など堅苦しい質問をしてきませんでした。ワイシャツの袖まくりをして足を組んでまるで漫才師の横山やすしのように自由奔放な感じなのです。

「今までお前が何をしてきたのか話してみろ」

私は肩透かしを食らった気持ちでした。この人は本気で私を面接してくれてるのかな、と少々不安になりました。

もう、どうにでもなれ。

そんな気持ちで、自分の大学生活の4年間を、生活費と授業料を稼ぐ為、時代劇のアルバイトに費やしてきたと正直に話したのです。

「へぇ……お前、面白いな」

他の面接官も、私の経験を面白がってあれこれ聞いてくれました。

その後、何段階かの面接が繰り返された後、内定をもらうことになりました。私にとって最高の番狂わせでした。大学の就活指導部からは

「君がこの会社を受けるのは、成績の面から見てやめたほうがいい」とすら言われていました。しかも、ほとんど企業情報も頭に入れず面接に臨んでしまったのですから。まさか内定をもらえるなど、誰も考えられないことでした。

奇跡的な就活の成功でしたが、それでもまだ迷っていました。私は貪欲だったため、もっと付加価値の高い商品を扱う企業はがないだろうかと探していたのです。そこで「保険」と「情報」に目をつけました。

大手生命保険会社も受けたかったのですが、その当時、超難関だったため断念しました。テレビ局と大手広告代理店にも憧れました。仕事も楽しそうだし、給料もよくて私にピッタリなのではないだろうかと思いました。しかし、筆記試験や面接が奮わず不採用でした。大学でちゃんと勉強しておけばよかったとも思ったのですが、生活のためのアルバイト三昧だったので仕方がありません。
結局、そのまま製薬会社に就職しました。お袋はとても喜びました。
東証一部上場の会社の、営業マンとして社会人生活をスタートしました。

サムライから営業マンへ

就職したあとも、「サムライ営業マン菅生新」は活躍しました。とくに営業先では引っ張りだこです。営業担当となった大きな病院の宴会で、オモチャのカツラをかぶりと刀を差して「侍芸」を披露しました。これが大ウケで、すぐに顔を覚えてもらいました。当時は、時代劇が大ブームで、私は目の前で本物を見てきたわけですから、モノマネも本格的です。どの宴席でも大盛況で出席者は大喜びでした。

病院のお医者さんや婦長さんをはじめ看護婦さんから事務系のスタッフに至るまで私を気に入って、身内のように内輪の集まりに呼んでもらえるようになりました。特に忘年会シーズンの12月はサムライ営業マン菅生新のスケジュールがいっぱいでした。そうしているうちに、薬はどんどん売れ、全国でトップの成績になったこともありました。

しかし、はじめからうまくいったわけではありません。製薬会社での営業は辛いことも度々ありました。

入社後は、4ヶ月間、薬の勉強をした後、実地研修の一環として仮配属された同じ埼玉県浦和市の寮に入りました。私は全国売り上げトップの先輩と、同じ釜の飯を食べ、仕事のやり方を一から教えてもらえる環境に恵まれました。

「この人は、どんなノウハウを持っているのだろう」

私は先輩の技を伝授してもらおうと意気込んでいました。しかし現実は、私が想像していたものとはかけ離れていたのです。

先輩の部屋には、壁中に仕事のスケジュールが大きな文字でビッシリ書かれた用紙が貼られていました。そして、この先輩は寝言をよく言っていました。寝ていても仕事から離れられないのです。よくうなされてもいました。私は先輩の寝言で夜中にたびたび起こされました。眠い目をこすりながら先輩の様子を見て、自分の将来が不安になることもありました。

そうして、日中は2、3人の先輩に同行しながら、自分にも担当病院が割り当てられるようになります。小さな個人クリニックを担当する部署もあれば、実力がある部署は、どんどん大きな病院を担当させてもらえます。待遇にも大きな差がありました。

私は面接の時、「お前、面白いな」と言ってくれたS営業本部長に引き取られ、大きな病院を担当することになりました。実はあの気だるそうな面接官が、トップリーダーとして名高いS営業部長だったのです。後にわかったことですが、S営業本部長が気に入ってくれたから私は採用されたのだそうです。

製薬会社の営業マンは、医薬品についての宣伝説明をするのと同時に「御用聞き」が重要な仕事です。

「先生、今度新しい薬が出ますから、使っていただきたいのです」と言ったところで、同業他社との勝負にはなりません。決定権のある医師に気に入られるため、営業マンは朝から深夜まで頑張ります。仕事とは関係ないことも笑顔でこなさねばなりません。予約の取れないゴルフ場を前夜から寝袋で順番待ちして押さえたり、人気マンションの購入整理券を獲得するため並んだりしました。御用があればまだ良いほうです。最初は口もきいてくれません。1日中、廊下で資料を抱えて先生を待っているだけです。スタッフからも、あまりいい顔をされません。だんだんと気が重くなっていきます。

朝、担当病院の裏階段を登ります。ああ、本当にしんどい、行きたくないと弱音が出ます。今日も廊下で1日待つのだろうか。そんな思いが重くのしかかってきます。階段を登る足取りも重くなり目から、ポタ、ポタと涙が革靴に落ちました。こんなこと、これから毎日やっていけないかもしれない。

そんなある時、先輩が担当していた大病院への引き継ぎで、会社の売り上げが芳しくない所へ行こうとした時のことです。

「菅生、あの病院は無理だから行かなくていい、ほっとけ。行きたいなら一人で行っていいぞ」

私は先輩が言う真意がわからず、「では、僕が行ってきます」とその病院へ向かいました。すると、病院の外科の副院長は僕の名刺を見るなり、それを投げつけてきました。

「お前、どのツラ下げてこの病院に出入りしているんだ。早く出て行け！」

私は驚いて、逃げるように病院を後にしました。

後から聞けば、医師と担当営業マンが薬のことでトラブルになり、それから我が社は出入り禁止になっていたそうなのです。

問題なのはその後です。営業日報を書かなければいけないのですが、「怒られて逃げ帰ってきました」などと書くわけにはいきません。さて、どうしたものか……。

会社へ戻り、営業先のリストから今しがた怒鳴られたM医師のデータが入った分厚いファイルを取り出しパラパラと開きました。

「なにか、いい方法はないものだろうか」

そのファイルには、医師一人ひとりの誕生日、家族構成、住まい、趣味、経歴、さらには昔のアルバイト先まで、様々なデータが入っています。それは歴代の担当営業マンが足を棒にして収集し、蓄積してきた情報です。勤務病院の履歴を見ていると、ある病院名が目に飛び込んできました。

「まさかこれは」

数日後、私はM副院長を再度、訪問しました。

副院長は私を見るなり顔をしかめました。しかし私はひるまず、次に医師が口を開く瞬間にそれを遮るようにして言いました。

「M先生、先日のことは申し訳ございませんでした。しかし、私はあることを言いたくて来ました。ひと言だけ、言わせていただきたいのです。M先生は以前、S病院で働かれていませんでしたか」

「それがどうした」

怪訝な顔をしながら、副院長は同意しました。

「私は、M先生にお会いしたことがあるのです。高校3年生の時です」

「なんだって?」

「その頃、S病院に母が緊急入院したのです。5年前のことです。その時、胃の手術をしてもらいました。たくさん手術をしているので先生は覚えていらっしゃらないかもしれません」

「えっ」

しばし沈黙があり、私は話を続けました。

「それで、今日はその時のお礼を言いに来ました。ありがとうございました。それだけです」

先生はしばらく考えていました。すると、

「覚えている」と深く頷いたのです。

命の恩人

それは私が大学受験の時期でした。突然お袋が倒れて救急車で運ばれました。胃潰瘍でした。緊急手術をした病院の名前が、S病院なのです。お袋は胃の4分の3を切除しました。この時、私は生まれて初めて救急車に乗りました。手術を終えたお袋の横で、ひと晩中涙を流して泣きました。

「そうか、君は長男なんだな」

泣いている私のそばで声をかけてくれた優しい医師がいました。私は受験生で、大学へ行こうと思っていること、大学へ行くのは母に楽させるためだと伝えました。「ですから先生、どうか母を助けて下さい」と私は必死で懇願しました。

先生は「そうか」と言って肩に手を置いてくれました。身内が高校3年生と中学3年生の二人の男子生徒だけだという母親を手術したのですから、先生もさぞや心配してくれたのでしょう。

「子どもたちがまだ学校に行っているお母さんだったから、心配していたんだ。お母さん、元気か」

「はい。おかげさまで、とても元気です」
「あの高校生か……しゃべったよな、あの時。そのあとどうした」
「同志社大学へ進学して、自分で働きながら、いま新入社員です」

M先生は、それから私を連れて副院長室を出て、他の医師たちを丁寧に紹介してくれたのです。その後もとても良好な関係を築き、私の会社の薬をたくさん使ってもらいました。

出入り禁止の病院で私の売り上げが急に伸びたので、過剰な接待など裏で何かやっているのではないかと病院事務局から疑われ、もちろん私はやましいことは何もしていません。

M先生は、私を病院のお花見に呼んで、スタッフみんなと仲良くさせてくれました。身内みたいに可愛がってもらい、私は営業マンとしてやっていくコツをつかみました。

M先生との奇跡的な再会で、私は「運命」を感じずにはいられませんでした。そして、その時から「もうダメだ」というような困難に遭遇することがあれば、そういう時こそ「自分は試されているのだ」と、「もうダメだ」はスタートラインとポジティブに考えるようになったのです。

それから、気難しくてどんな話にも関心がないというような医師がいると聞けば、積極的に会いに行きました。そして私は持ち前の「おしゃべり好き」で、医師の興味を引くことを聞き出しました。映画監督のヒッチコックのファンであると知れば、片っ端からその映画を見ました。次に訪問すれば映画の話に花が咲きました。母子家庭で育った私の苦労話もあえて話すようにして、医師たちの涙を誘うこともしばしばでした。私はそういった出会いを心から楽しんでいました。私が大の映画ファンなのは、あの時に担当していた医師からの影響が大きいのだろうと思います。

人と仲良くすることが一番の仕事であると気づいた私は、取引先の人の心に溶け込み、キーマンを口説き落とす営業マンを目指しました。そこからは成績がどんどん伸びました。あれは、キッカケを作ってくれたM先生のおかげだと今も心から感謝しています。

仕事は、周りの人が運んで来てくれるもので、そのためには、周りを思い切り楽しくさせれば良いのです。仕事というのは、自分だけ頑張っても何もなし得ることができません。周りの人があってこそ、感動的な仕事につながります。「カゴに乗る人かつぐ人そのまたワラジを作る人」とも言います。特に大きい仕事や難しい仕事を苦労して達成した時は、決して自分だけの手柄だと思って自惚れないことです。そういう仕事には自分では気づかない「縁の下の力持ち」がいるものです。

第5章
第二のスタート

青天の霹靂

製薬会社での成績はすこぶる順調でしたが、それがずっと続いたわけではありません。

営業もだいぶ手慣れてきたころ、仲良くさせてもらっていた大病院の小児科の医師から突然、

「お前、もう来なくていいよ」

と言われました。

その理由とは、私が他の科の医師やスタッフとばかり楽しそうにやっているから、ということだったのです。その時、特に外科の医師と仲良くしてもらっていました。外科の医局には麻雀部屋があって、ちょくちょく遊びに行きました。そうすると、「薬が多く売れる外科ばかりに

入り浸る業者」という噂が小児科に広がってしまったのです。とても仲良くしてもらっていた小児科の医師でしたが、やはり私は一介の業者にすぎません。売り上げは守らねばならないし、外科を優先しがちなのは止むを得ないところもありました。

さらに追い討ちをかけるような事件がありました。今度は病院側からではなく、私が勤める製薬会社でのことでした。

ある時、私が担当していた国立病院での売り上げがすっかり消えてしまいました。我が社の薬を使ってもらっているはずなのに、私からのルートで病院側が購入していないというのです。どうやら関東方面の社員の誰かが現金問屋に薬を流して、病院はそこから安く購入しているということらしいのです。

私は会社に事実関係を報告し、調査を依頼したのですがらちがあきません。会社として薬は同じ数だけ売れているわけで、誰が売っているのかは問題ではないというのです。後々わかるのですが、そういうやり方で担当を引きずり下ろすことは、この世界でよくある話なのでした。しかし、まさか我が身に降りかかるとは思いもしませんでした。

私の営業成績はみるみるうちに急降下しました。

「お前、もういらんわ」

という感じで営業部から見放され、ついに左遷されてしまいました。

しかし、当時お世話になっていた一部の医師には、栄転だと勘違いされました。

「菅生君、いよいよやな。次はT病院か、それともH病院か」

「いえいえ先生、私は神戸へ行くことになるようです」
ヤリ手の営業マンだと思われていた私がまさか神戸の町はずれに飛ばされようとは、誰も思っていなかったはずです。

転勤先は神戸支店とは名ばかりで、フタを開けてみれば姫路の小さな営業所でした。姫路とは兵庫県でも岡山県寄りの地方都市です。それまでは大きな病院を任されていましたが、そこから小さな病院の営業担当となりました。

辛いだろうと思って赴任したのですが、実は仕事はとても楽でした。当時、地方の担当営業マンは同業他社が結託していて、売り上げをみんなで分け合っていたのです。

朝はみんなで近所の喫茶店でモーニングを食べ、昼間はゴルフにも興じます。競争がないので、それほど根をつめて働かなくてもよいのです。まさに、「談合」というやつです。薬品問屋へ行って、ラジオ体操をして、あとは適当にやるという感じです。私には楽すぎて張り合いがありませんでした。人一倍苦労して育ったので働くことに強い使命感を持っていた私は、そのダラダラとした環境で、やりがいを見失いそうになっていました。

しかし、ここで腐っていてもしかたがありません。私は書店で見つけた売れ筋のビジネス書を次々に読み、土日は自己啓発のセミナーへ通って熱心にメモを取りました。勉強熱心なセミナー参加者に刺激を受け、ヤケを起こすこともなくなんとか気持ちを保っていました。

そんなある時です。運命的な出会いが訪れました。自己啓発のセミナー会場で、のちに結婚することになる妻と出会ったのです。彼女が私に一目惚れしてくれたのでした。

様々なセミナーへ顔を出すようになってから、私は生き甲斐を取り戻しつつありました。

私は幼いころから読書が好きでした。高校1年生で司馬遼太郎の「竜馬がゆく」全8巻を読破しました。上温湯隆の「サハラに死す」もお気に入りの1冊でした。私より7つ年上の冒険家の実話を元にした旅行記で、その時代の若者たちのバイブルでした。若さに任せて無謀ともいえる大きな賭けに挑み、志半ばで幕を閉じた主人公の青春は、人生を切り拓こうと必死にもがいていた私を勇気づけました。その後、ヘルマンヘッセの「車輪の下」では、勉強に勤しみエリートを演じる主人公に自分を重ね、芥川龍之介の「侏儒の言葉」に綴られた「人生は一箱のマッチに似ている。重大に扱うのは莫迦莫迦しい。重大に扱わなければ危険である」の一節に思わず膝を打つなど、本に綴られた言葉に魅了されていきました。

セミナーで語られるポジティブな言葉を聞いて、文学から得てきた人生の教訓が蘇ってきました。

会社ではダメサラリーマンとなってしまいそうでしたが、セミナーでリーダーシップが取れるようになり、徐々に気力が回復していきました。

転機

私が退職を意識するようになったのには大きなきっかけがありました。

新入社員時代、リクルートタイムズに掲載されて話題になった藤沢薬品の広告があります。面接の時に出会い、その後も目をかけてくれた某国立大学法学部卒の先輩が、ある日私のアルバイト時代の写真を会社の宣伝用に使ったのです。当時、製薬会社といえば六角形の薬の構造式を並べた「バイオに取り組む○○薬品」というたぐいの宣伝がポピュラーでしたが、「侍の姿」で登場する新入社員の広告は斬新で話題になりました。その先輩は入社初年度から総務部に配属されたエリートでした。私はこの幹部候補間違いなしの先輩についていこうと心に決めていました。しかし数年後、そう思っていた先輩は突然会社を退社しました。当時30歳くらいだったと思います。風の噂では、働きながら貯めたお金で某国立大学医学部へ進学したとのことでした。

私は目標としていた先輩が辞めてしまい大きなショックを受けましたが、「そうか、今からでも人生の軌道修正は遅くない。リセットすることも視野に入れ、じっくり人生計画を練り直そう」と考えました。その時、私の頭の中では吉田拓郎の名曲「人生を語らず」が聴こえていました。

ある時、別の先輩たちに連れられ寿司屋のカウンターで飲んでいた時のことです。先輩たちが仕事のグチを言い合っている間、私はビールを片手に鮪のにぎりを食べながらなにげなくテレビを眺めていました。「ニュース・ステーション」で話す久米宏さんが光って見えて、私は「テレビに出て、キャスターをやりたい」と叫びました。それを聞いていたある先輩たちが呆れた顔をして、「アホ言うな」と言って、私の頭を叩きました。箸置きも飛んできました。しかしそれは私の中に眠る表現者としての血が騒ぎ、メディアに対する未練が言わせたのかもしれません。

上司たちは、ストレスから胃潰瘍になる人が多く、手術痕を見せ合っては、グチをこぼしていました。私はこんなことおかしいじゃないかと、気づきはじめました。

もう会社を辞めてしまおうと思うようになりました。今の仕事にしがみついてもやりがいは見出せない。出世や売り上げのプレッシャーと戦うより、もっと自分に合った仕事を見つけ、充実した人生を送りたいと思ったからです。サミュエル・スマイルズの「自助論」をよみ、新しい人生を考え始めました。

彼女と婚約した時は、すでに会社を辞めることを決意していました。お袋は泣いて引き止めようとしました。会社の部長や課長クラスの人たちは、私の結婚式の仲人を引き受けるためスタンバイしていました。ところが彼女にはあてがあり、私に早く独立してもらいたかったようで、むしろ退職を促す雰囲気でした。

しかし母子家庭で育った私が、やっと掴んだ一流企業の看板を外すのにはためらいと抵抗がありました。

そんななか仲人を誰にするかで悩んだ末の結果は、妻がお世話になっていた不動産会社の社長夫婦にお願いすることでした。

会社の人たちは「菅生はいったい、どうしてしまったんだ」と首をかしげていたようです。結局2月に結婚して、4月には辞表を提出しました。

先のことは何も考えていませんでした。しかし、不安はありませんでした。何とかなる、何とかしてやると思っていました。

婚約してしばらくは、土曜と日曜だけ、仲人をしてくれた社長の運転手をするようになりました。給料をもらっていたわけではないのですが、ただ高級車を運転するのが楽しくて一生懸命ハンドルを握りました。

それまでは、経営者という役割の人の話をじっくり聞く機会がなかったので、私は刺激を受けました。ゼロから事業を始めて、どのように会社を成長させていったのか、運転しながら社長の話を聞き、勇気とやる気をもらっていたのです。

ある時、社長が持つビルに案内されました。一室の扉を開き中まで入ると、そこは全面が鏡張りになった元エクササイズ教室の空き部屋でした。社長は私に「この部屋を貸すから、自分でビジネスをやってみないか」と言い、私はそれを快諾しました。社長は主に不動産業を営み、多くのビルを所有していましたが、私が預かった会社の商品は不動産ではなく別の商品でした。不動産会社の子会社で休業状態にあった「有限会社サクセス大阪」という名前で、自己啓発教材の販売代理店でした。S

ＭＩ（サクセス・モチベーション・インスティチュート）といって、米国の教育家ポール・Ｊ・マイヤー氏が開発した自己啓発プログラムを販売するのです。

ＳＭＩは私がサラリーマン時代から独学で勉強していた教材です。重厚なアタッシュケースに入ったテキストとカセットテープ、その他グッズのセット販売です。１セット35万円もするのですが、フルセットになると１２０万円という高額商品となります。

社長に名刺を作ってもらい、机を買い電話を引いて、１人で会社を始めました。スタートしたときはなかなかうまくいかず、深夜、家に帰り妻の寝顔を見ると、申し訳なさでどうしようもなかったのですが、２週間後、ようやく1つ売れ、それから徐々に売れて行きました。そうして1年で軌道に乗り、従業員を雇うまでになりました。

私は与えられた部屋を広めのセミナールームとして使い、そこでよく勉強会を開きました。朝からやる気あふれる人々が集まり、世界中の名言や、成功体験を聞くのです。そうすると、マインドがポジティブになり「やればできる」という自信がどんどん湧いてくるのです。

セミナーや小規模のコンサルティングの基礎を作り上げ、私は創業初年度にSMIの販売員として世界第1位になりました。年間1億円以上売り上げた私は、ポール・J・マイヤー氏直々に世界大会が開かれた米国ダラスに招待され、華々しい会場で表彰されました。全世界から3千人ほど集まる大きなコンベンションで、私はたどたどしいながらも英語でスピーチし、最後にマイヤー氏の言葉を引用しました。

Whatever you vividly imagine, ardently desire, sincerely believe,

and enthusiastically act upon …. Must inevitably come to pass！―
Paul J. Meyer
（鮮やかに想像し、熱烈に望み、心から信じ、魂をこめた熱意をもって行動すれば、何事も必ず実現する）
スタンディングオベーションが起きました。

2年目になると、会社には多くの仲間が入社し、一層精力的に販売しました。月例のセミナーをさらにブラッシュアップすると、参加者がさらに参加者を呼び、黙っていても飛ぶように売れるようになりました。私はさらに法人販売も精力的に行い、講師としても活動し始めました。

2年目も私の販売額は世界一となり、そのご褒美にポール・J・マイヤー氏からカリブ海に浮かぶグランドケイマン島に招待されました。

島の別荘まで、マイアミから自家用ジェットに乗せてもらいました。スティングレイという餌付けした大きなエイと共に泳ぎ、ジェットスキー、パラセール、ゴルフなど、夢のような日々を過ごしました。

今はもう亡くなったマイヤー氏ですが、当時は若々しく紳士的で、私のたどたどしい英語に嫌な顔一つせず、にこやかに対応してくれました。横浜のインターコンチネンタルホテルでの日本コンベンションでは、1歳半の大将を抱いて参加した私の出産談義に耳を傾けてくれました。そのときメッセージを書いてもらったものがまだ残っています。

私の目標は「世界一」になることでした。私が変わるきっかけになった独自のプログラムを作りあげ、「言葉の力」だけで世界中の人々にモチベーションを広めたポール・J・マイヤー氏を心から尊敬し、会いたいと思いました。恩師に会うために一位を狙っていたのです。

サラリーマン時代にはとうてい体験できない景色を心に刻みました。
この代理店で3年間頑張りました。自分なりの手法でコンサルティング業のノウハウを身につけ、これを生業にすると決めて会社を後にしました。後任をメンバーに託し、会社は社長にお返ししました。そうして私は1人で歩み始めたのです。

April 23, 1993
New Orleans, La
U.S.A.

to Taishou

you are very blessed to be
born into the Sugoh family
where love abounds
I've never met a father
who is so happy
Learn all you can from your
father + mother --
The go out and Seize the Day
with your life
I look forward to meeting you
personally -
Successfully

飛躍

この経験は私自身の成長に大きく繋がりました。その時の知人を通じてラジオ大阪の番組に出ることになったのです。同志社大学の先輩の大学教授がパーソナリティーを務めていた「ヒューマントーク」という番組の金曜日のあるコーナーを担当することになりました。「モチベーションが大きなテーマでした。ちょうど三浦知良さんや武田修宏さんといった人気絶頂のサッカー選手がモチベーションという言葉を使い始めた頃でした。当時一般には聞き慣れない言葉でしたが、私は自己啓発セミナーにもよく通っていたので、「モチベーションを語るなら任せろ」というくらい自信がありました。

番組前の打ち合わせで毎回スタッフから、

「菅生さん、今日はどんな話をするの」と聞かれました。

私は「想像力を豊かに」「アファメーション（自分自身への宣言）について」「成功への5つの鍵について」など次々に番組のネタを考え、テキストを作って持参しました。その評判が良く、番組の聴取率もどんどん上がって行きました。するといつのまにか教授は降板してしまい、私が繰り上げでパーソナリティーを務めることになったのです。2つの新しい番組の企画書を書き上げました。1つは「シネマモチベーション」。ヒューマントークと同様にゲストを迎えて、映画についてトークする番組です。もう1つは「サクセスファイター」。青年実業家を迎え創業時の苦労話をまじえ、成功体験を聞く番組です。後者が採用され自分でスポンサーも集めました。

大好きな「言葉」や「映画」、そして「経営」に関する仕事ができるようになり、私は充実感に満たされました。ここで少し「家族」というテーマで、私が特に気に入っている映画を紹介します。

「素晴らしき哉、人生!」１９４６年、アメリカ
クリスマスの奇跡の物語。金銭面でどん底になった主人公が自殺を試みる。すると、自分の存在しなかった世界を見ることになった。自分の存在意義と、人生の尊さに気づかされる作品。

「フランシスコの2人の息子」２００5年、ブラジル
社会の底辺の家族で育った兄弟が歌手になる夢を実現する実話。父母の愛が奇跡を起こす。

この2本の映画は家族揃って鑑賞することをお勧めします。

ラジオ番組を持ったことは、私にとって大きなはずみになりました。番組は10年以上続き、「菅生新のサクセスファイター」という同じタイトルでテレビ番組にもなりました。番組を持っていると、会いたい人にオファーができます。つまり良いポジションを取れば、良い人と巡り会うことができるのです。ラジオ番組を持てば、優れた経営者に会うことができ、テレビ番組となればもっと大物が呼べるのです。

こうして私は、現在の肩書きであるビジネスコンサルタントとしての基礎を築いていきました。経営者たちの話は、本当にためになることばかりでした。良い刺激を与えられ彼らとの出会いが私自身の成長にもつながりました。私が経営者たちから見聞きしたノウハウは、私の中だけに押しとどめておいてはもったいない価値のあるものばかりでした。だから私は月2回の勉強会を主催することにしました。勉強会では先端技術や経済情勢などについて講義を受け、その後に異業種交流会を行ない親睦を深めます。この活動は現在も脈々と続いており、私の大切な「財産」でもあります。

子どもが生まれてからは、息子たちに勉強会の受付をやらせています。大将にもやらせました。そういえば大将のデビュー前の2009年2月、私は親しい経営者の1人であるHISの創業社長・澤田秀雄さんとベンチャー企業の集まりである「アジア経営者連合会」を発足させました。東京・青山のレストランに5～6人の社長が集った第一回の催された会合には、私のアシスタントとして16歳の大将が参加しました。この会が誕生してすでに8年が経過し、今ではニトリ、TKP、ペッパーフードサービスなど、加盟企業は600社を数えるようになりました。

先日行なわれた理事会で挨拶した澤田さんは
「この会が発足してから、一番大きく育ったのは菅田将暉だ」
と言って会場を沸かせました。いずれにせよ芸能界に入る前から、社会人としての心構えを身につけられたことは、本人にとってプラスになったのではないかと確信しています。

第６章
菅生大将から
菅田将暉へ

大将のユニークな視点

私は最近知り合った人、なかでも若い父親の方からちょくちょく「どうしたら菅田将暉クンのような好青年に育つのですか。育てかたを教えてくださいよ」と冗談とも本気ともつかぬ顔で質問されることがあります。「育てかた」と言ってしまうと、本人にも所属事務所にも怒られそうです。しかし私は、大将には昔からユニークなところがあるのをずっと見てきました。そういう意味で、今の菅田将暉のように演者になる予感があったのです。

私は仕事であちこち飛び回っていたので、家庭での躾や学業は、妻に任せっきりでした。

それでも、時間をつくっては息子たちと一緒に遊びに行ったたし、私が主催している勉強会やイベントにも連れて行きました。セミナーの受付や資料配りをさせたりもしました。私は25年以上、大阪と東京で経営者の勉強会を主催しています。多いときは60人以上が参加します。息子たちは3人とも、主催者である私をなかなか上手に助け、愛想よく出席者の世話を焼いてくれました。私は父の仕事場を見せることは、子どもたちにとって大変重要なことだと考えました。社交性も身つくし、留守中に私が外で何をしているのか、どのように自分たちの生活費を稼いでいるのかが、よくわかるからです。

そうして息子たちと接していると、子どもの視点というのはなかなか面白いものだなと感心します。

ある日、大将を車の後部座席に乗せて走っていると、

「お父さんって凄いなあ。あちこちにお父さんの看板があるよ」

と言い出しました。私は大阪ではラジオ番組を持っていますが、街中に看板があるというほど顔が売れているわけではありません。いったい、この子は何を言っているのだろうかと思いましたが、よく聞いてみると、「がんこ寿司」の看板の顔が私そっくりだというわけです。言われてみれば、確かに似ているかもしれません。このことは先日も本人が、オールナイトニッポンでも話していました。

そんなことがあってから私は子どもたちを、以前にも増してよく観察するようになりました。大将の人間観察眼は幼い頃からとてもユニークで、面白いなあと思いました。

この子は、もしかすると少し変わった道を進むようになるかもしれない……。

そう思わせるようなことがいくつもありました。

大将が中学に入学した春のことです。

私は妻と一緒に福山雅治さんのライブに行く予定にしていました。2人とも久しぶりのデートを楽しみにしていたのですが、私に急な仕事が入ってしまいチケットを大将に譲ることになりました。

「お父さんは行けなくなってしまったから、お母さんと行っておいで」

と伝えました。

大将は私の代わりに母親と大阪城ホールへと出かけていきました。

帰ってきて、ライブはどうだったかと大将に尋ねると、

「福山さん、すごく気持ち良さそうだった」

と答えたのです。

普通の子どもなら、「カッコよかった」とか「素敵な歌声だった」とか「感動した」とか、生のステージを観て自分がどう感じたかを話すと思います。私はこの何気ない言葉が気になりました。

大将は、福山雅治さん側の目線でライブを見渡していたようなのです。「大将は将来ステージに立つ仕事につくのではないか」

ふとそういう思いが私の頭をよぎりました。

私も昔は俳優のアルバイトをしたり、テレビやラジオのMCをしてきたので、芸能界はそれほど遠い存在だという意識はありません。むしろ、私のほうが大将より「目立ちたがり屋」ですから、息子がそういう道へ進みたいのなら、しっかり応援したいという気持ちが芽生えました。さらに私が大将の立場だったら、その時は「僕もこんなに大勢の前で歌いたいなあ」と答えていただろうと想像しました。「血は水よりも濃い」ということでしょうか。

論理的な長男

「この子はもしかすると、演者側の人間になるんじゃないか」

そう思ってから、私は大将に生の演劇を見せるようにしました。「ふるさときゃらばん」という、面白くてわかりやすい演劇には大将と2人で何度となく足を運びました。吉本新喜劇にも行きました。もちろん、映画館にもよく連れて行きました。ちょうどその時、家の近くに大きなシネコンができたこともあり、私は積極的に大将を誘いました。洋画も邦画も、2本続けて観るくらい、映画に熱中させました。家族総出で、たくさんの映画を観ました。そのなかでも、「スタンド・バイ・ミー」

「フォレスト・ガンプ」は兄弟みんな大好きで、DVDも買って何度も繰り返し観ていたと思います。

自宅には、ソニーの42型液晶テレビを買いました。当時の液晶テレビはまだ高くて100万円もしました。しかし、3人の子どもの成長のためなら「安い買い物」だと信じて疑いませんでした。子どもたちは友人を集めて、「ハムナプトラ」などをキャーキャー言いながら喜んで観ていました。

芝居や映画を観た後は、それぞれが感想を言い合うのが我が家の恒例行事です。

大将の批評はとても論理的で、父親の私も舌を巻くほどでした。作品についての感想は、「楽しかった」「おもしろかった」などという安易で簡単な表現はしません。なぜ自分はそう感じたのか、自分ならこうしてみたいなどと、かなり踏み込んだ意見をいって盛り上がります。

大将が中学2年生の時、私は妻と一緒に大将の学校の文化祭を観に行きました。大将が書いたシナリオを自分で演じるということでした。これは是非とも息子の初舞台を見ておかねばと思ったのです。私たちは、大将の邪魔をしないよう、講堂二階の隅のほうから、そっと観ることにしました。

大将がステージに出ると、周りから「キャーっ」と歓声が上がりました。どうやら大将は、学校でそこそこ人気があるのだとわかりました。

中学生の文化祭ですから、驚くようなレベルの内容ではありませんでしたが、大将はしっかりやりきって満足そうでした。自分でシナリオを書き、演出して、充実感と達成感を味わったように見えました。

兄弟の会話の中にも、長男らしいシッカリ者の大将の考え方を垣間見ることがありました。次男が小学校高学年の頃のことです。

「勉強ってしんどいな。どうして勉強しなくちゃいけないのかな」

そういう弟に対し、長兄の大将が出した答えは、

「将来の選択肢を増やすためや」

そう、ハッキリと答えていました。

将来の選択肢。それは職業だったり、収入だったり、結婚だったりいろいろなことを端的に伝えています。テストで良い点を取るためだとか、受験のためだとかいうありきたりな答えではなく、自分の将来のためなのだと大将が気づいていてくれている。そして何よりも、いつのまにか理解し合える兄弟関係を築いているということに、私は彼らに見えない

ところでガッツポーズをしました。

大将は、まだ中学校3年生でしたが、自分の将来を論理的に考えられる子でした。成績も優秀でしたし、芸能界へ行かなければ大阪大学か早稲田大学か慶応大学へ進学していたことでしょう。

アミューズのオーディションへ

中学校2、3年生くらいになると、大将はスカウトから声がかかるようになりました。友人と梅田へ遊びに行った日は、必ずと言っていいほどスカウトマンからの手紙を持ち帰ってくるのです。何々プロモーション代表取締役誰々より、どこどこプロダクションマネージャー誰々よりという感じのものです。中味は大体、「つきましてはいつどこどこでオーディションがあり云々」と書かれていました。

私も大将も、スカウトに関しては警戒して近づかないようにしていましたが、大将はその頃には芸能界を意識していたように思います。大将の身長はまだ160㎝そこそこでしたが、なかなか可愛い顔をしていたので声がかかりやすかったのかもしれません。

そんな中あるお店で私が、アミューズ30周年記念のタレント発掘オーディションのポスターを見つけて、応募してみようかという話になりました。募集のポスターを見ると、本人も行きたそうだったので、エントリーすることにしました。

すると、どんどん勝ち抜いて、全国6万5千人中ベスト30まで残り、東京での本大会に臨むことになりました。本大会でのパフォーマンスで大将は、キーボードを弾きながら歌いました。中学3年の少年が、緊張のあまり白目をむいて歌う姿は少し痛々しい感じもしました。厳しそうな審査員の目が光る前でのパフォーマンスはお世辞にも良い出来とはいえませんでした。

審査会場では、上の階からたくさんの有名人が降りてきて、応募者たちに「頑張ってね」と声をかけていました。そのなかには、上野樹里さん、神木隆之介さんらがいました。子どもたちはスターを間近で見られて大喜びです。

大将は、ちょうど神木さんと年齢と身長が同じくらいでした。キャラクターが被っているから入賞は難しいかな、という思いはありました。しかしそれでも私は、大将なら入賞できるのではと密かに期待に胸を膨らませてもいました。

優勝者は、大将よりいくつか年下の名古屋の女の子でした。ダンスが上手で、なかなか才能がありそうな子でした。この時、大将は残念ながらトップ10に入ることは叶いませんでした。

それでもキーボードの弾き語りが印象的だったのか、現場の関係者から声がかかり、ある音楽事務所から、そこに入りませんかと誘われたのです。

私の意思でそれは断りました。大将は俳優志望でしたから、とりあえずどこかに入れるというのは得策とは思えませんでした。それに、中学3年生になってから歌や楽器のレッスンもあり成績が落ちたため、そろそろ受験生モードに切りかえて勉強させないと間に合わないと思っていたからです。

文武両道を行け

息子が入賞を逃して、残念な気落ちは多分にありました。しかし私は、父親として真面目に大将と話し合う必要性を感じていました。

オーディションを受け始めたときは、調子よく勝ち進んでいたので、大将はすっかりその気になってしまったようです。その影響で、勉強がおろそかになっていました。落選してからも、その遅れがなかなか取り戻せずにいたのを、私はとても心配していました。

そこで、大将とじっくり膝を交えて話しました。

「芸能界への挑戦は、ひとまずここでストップして、まず高校受験に励んだらどうか。俳優になるには、18歳から活動しても遅くはないはずだ。18歳になったら大学進学で上京して、俳優活動をしたらいいじゃないか。早稲田大学を目指したらどうだ」

大将は、少し考えて、

「わかった」

と、素直に答えました。

将来の選択肢を増やしておくため……。大将は弟に言ったように、その意味がよくわかっていました。論理的に話せば理解できる子なのです。自分でも、成績が落ちでしまったのが気になっていたのだろうと思います。

そこから大将は、またしっかり学業に取り組んだおかげで成績も元の状態まで回復し、進学校に合格しました。

私は何につけ、子どもたちの意見を尊重することが大切だと考えていました。だからこそ、応援できる時は、できる限りの応援をしてやりたいと思いました。けれども、人生は長いのです。いい時も、悪い時もあり、躓く時はそれなりの理由があります。本人の力量に関わらず、誰にでもタイミングの良し悪しはあるものです。

ここは慎重になっても損はないのだということを、親として教えるべきだと思いました。まだ15歳の大将だけで答えを出すには早すぎました。私は、子どものやりたいことができる環境をつくり、可能性を高めてやることが父親の務めだと考えたのです。

「まずは高校へ進学する。その後に早稲田か慶応大学を目指す。そうしたら俳優への道へ進むための応援は、お父さんが目いっぱいしてやる。だから、今は勉強を頑張ろう」

これが男同士の約束でした。

翌年、この判断が意外なところで吉と出ました。

大将は高校生になってから、身長がグンと伸び、父親が言うのも気が引けるのですが、凄く男前になってきました。自宅近くにある高校へ通っていたのですが、「王子」などというアダ名がついていて、学校内のファンの女の子たちに、廊下越しによく「写メ」を撮られていたようです。

そんな時に、今度は大将のほうからオーディションに出たいと相談されました。

「お父さんとの約束で、大学受験までは勉強に集中すると約束した。けれど、ジュノンボーイのオーディションがあるから、どこまで行けるのか一度チャレンジしてみたいんだ。行ってもいいかな。それでダメなら、しばらく学業に専念すると約束するから」

私は「よし、行っておいで」とチャレンジを容認しました。

私は基本的に、本人のことは本人の意思で決めさせています。口を挟むのは本人にとって必要な時だけです。

大将は、保護者印が押されたエントリーシートを受け取って、嬉しそうに2階の自室へ戻って行きました。

ジュノン・スーパーボーイ・コンテスト

「ジュノン・スーパーボーイ・コンテスト」は、すでに芸能事務所に所属している子は応募できない決まりです。前回のオーディションの後、音楽事務所に入らず勉強にシフトしたことによって、またこのチャンスが巡ってきたわけです。

コンテストの面接を受けると、大将はどんどん予選を通過していきました。大阪からのエントリーは全国で一番多いので、かなりの激戦区だったはずです。ベスト30、ベスト20、ついにベスト10まで勝ち残りました。ジュノンに写真も掲載され、いよいよ最終審査です。

審査の前日、私も妻と弟たちを連れて東京へ向かいました。私が仕事用に借りている1LDKのマンションに家族全員で雑魚寝しました。当日は、会場での発表直前に、フジテレビアナウンサーの軽部真一さんから夫婦でインタビューを受けたのを覚えています。

最後はパフォーマンスでアピールします。大将はダンスを披露しました。しかし、結果は落選でした。その頃はジュノンボーイ・コンテストの最盛期で、全国から1万6千人を超えるイケメン揃いの応募者がいました。

優勝者は身長185㎝の高校3年生で、準優勝も181㎝で同じく高校3年生の、二人とも凄くカッコイイ男の子でした。

実際のところこの最終審査の時点で、各芸能事務所の審査員は自分の事務所へ入れる子を決めていたようで、その子のパフォーマンスが終わると帰ってしまいます。大将の出番は一番最後で、パフォーマンスを見てくれた芸能プロダクション関係者はごくわずかでした。最終審査に残った13人中、10人にはなんらかの賞が与えられるのですが、大将にはなにもありませんでした。全てが終わって楽屋に行くと、本人は半泣きでした。コンテストでみんなと仲良くなって、自分だけ声がかからなくてさぞかし悔しかったに違いありません。

「お疲れ。よし、次のステップへ進もう！」

私はいつもより大きな声をかけ、大将の肩を抱いて励ましました。会場を後にしながら、私の心はもう決まっていました。

ステージパパ

過保護と言われればそれまでかもしれません。しかし、私もコネをたどってアクションを起こすことにしました。動き始めた大将の夢は大きい、私もできる限り応援したいと思いました。

私自身、昔から逆境は自分で乗り越えてきました。こんなことで諦めてたまるか、という闘志がムクムクと湧いてきました。大将が本気だということは今回のことで私も納得したので、あとは全力で支援するのみです。

まずは大将をどこの事務所へ入れるかを考え、慎重に作戦を練りました。ジュノン・スーパーボーイ・コンテストは、その年のベスト10に入った子から事務所が欲しい子を選び、編集部へ面談のオファーをします。採用側が手をあげるというのは昔のオーディション番組の「スター誕生」とパターンが似ています。若い少年たちなので、面談はほとんどが親同伴です。私と息子も数社面談させてもらいましたが、無冠だったせいかあまり手応えが感じられませんでした。野球のドラフトでいうと、5巡目以降か育成枠の選手という感じでしょうか。見た目もまだまだ幼く、女の子のような線の細い15歳の少年でしたから無理もありません。ここでは決まらないし、決められないと私は思いました。

芸能事務所と言っても大小いろいろあります。私は息子を入れるなら上場企業でなければと考えました。

私は大阪が仕事の拠点ですから、大将と一緒に東京へ移住することはできません。大将はひとり大阪の親元を離れて芸能活動をすることになるならば、できるだけ良い環境の事務所と契約させて安心したいと思ったのです。

調べてみると、当時の芸能事務所で上場しているのは、アミューズ、ホリプロ、エイベックスの3社しかありませんでした。

エイベックスの子会社の社長に友人がいて、彼に頼んでまず、大将と一緒に面談に行きました。すると、やはりエイベックスは音楽系の事務所なので、新人俳優をプロデュースすることは難しいと、友人として会社の内容を本音で教えてくれました。

アミューズは前回のオーディションで落ちていますから、残るはホリプロです。もうホリプロしかない、そう思いました。これは、なかなかあり得ないことですが、私にはホリプロとの有力なコネがあったのです。

私は神戸・サンテレビの人気経済情報番組「サクセスファイター」を持っており、番組制作会社がホリプロに近い会社でした。その会社の社長が和田アキ子さんの実弟である和田昭夫さんだったのです。和田さんから飲食店事業のコンサルとして相談を受け、飲食チェーンの社長を紹介したことがありました。2年がかりでブランディングし、成功へ導いたのが高級豚しゃぶ店「わだ家」でした。

ジュノンの副編集長にサンテレビの番組や和田さんとのご縁を話して、ホリプロの面談アポイントを入れてほしいと依頼しました。

ところがです。ホリプロは前年度のジュノンボーイからグランプリと準グランプリの2人を採用しているので、今年は採らない、と断られてしまいました。

あてがはずれて思案に暮れていると、思いもよらぬところから良縁が舞い込んできました。

それは私の一冊目の本の出版記念パーティーでのことです。

会場には私のセミナーの受講者であり、同志社大学の先輩でもある京都・三条にある劇場ラウンジ「ベラミ」を経営する山本三千恵さんという女性社長が来ていました。残念ながら最近亡くなられましたが、私がコンサルを引き受けており、私にとっては姉のような存在でもありました。三千恵さんに相談をすると、トップコートの渡辺万由美社長と懇意で、姉妹のような間柄だとのことでした。三千恵さんは大将を小さい頃から知っていて、渡辺社長を紹介すると買って出てくれました。タレントをじっくり育てているところだから、というのが推薦する理由でした。

偶然は重なるもので、私のラジオ番組の初ゲストであり、後にテレビにもゲストで来てもらっている、私にとっては兄のような存在の齋藤茂さんも、渡辺社長を紹介するといってくれました。2人はワイン仲間として繋がりがあり、気心が知れているとのことでした。

齋藤さんは、京都に本社のある株式会社トーセの創業社長です。ゲームソフトメーカーとして東証一部に上場したベンチャー企業家です。ダンディーでクルーザーを乗り回し、ワイン通としても名が知れています。

仕事が忙しいなか齋藤社長が「今、新幹線の中から大将君の推薦メールを送ったよ」と連絡が来たのが昨日のことのようです。

私はトップコートのことは全く知らなかったのですが、信頼する二人の社長の推薦だということは大きなご縁だと思いました。後で詳しく調べると、木村佳乃さんを手塩にかけて育ててきた、名門の事務所だということで、「もうここしかない」と思いました。渡辺万由美社長が渡辺プロダクションの創設者である渡辺晋さん、美佐さん夫妻の次女だということもわかり、赤面する思いでもありました。そういう経緯があってジュノンボーイの編集長の世話で、面談をお願いする運びとなりました。

トップコートはとても堅実な事務所で、あまりタレントを取らないことで有名でした。当時は松坂桃李君をデビューさせたばかりで、新人男子を採る予定はなかったのでしょうが、二人の社長の顔を立てて面談だけはしてくれるという状況でした。

私は同伴者として大将、ジュノンの副編集長と一緒に原宿にある芸能プロダクション・トップコートを訪れました。トップコート側は渡辺社長はじめ取締役全員を含めた8人が集まっていました。私はここで何とかしなければと思い、全力で息子のアピールを代弁してしまいました。

私の面接でもないのに、そうとう喋りすぎてしまったようで、

「お父さんは黙っていてください」

とまで言われてしまいました。

「大将君、自分でしゃべりなさい」

社長から声がかかり、私もハッとして、大将を見守りました。

大将はまっすぐ社長たちのほうを見て、俳優になりたい意志を自分の言葉でアピールしていました。

後々聞いた話ですが、当時27、8歳だった荻野マネージャーが、絶対に採りたいと思ってくれたようです。執行役員の男性も大将がイケメンなだけではなく、個性的な雰囲気なのでひょっとするとブレイクするかもしれないと感じてくれたのだそうです。「私にやらせて下さい」と荻野さんが渡辺社長に直訴したと後から聞きました。

1月に面談を済ませ、連絡を待つことになりました。長らく連絡を待ち続け、2月の後半くらいになって「もうないかな」と思っていた矢先に、ようやく1本の電話がかかって来ました。

「お父さん、大将君をうちで預かることになりました。今後は……」

おおまかにいうと、所属見込者として高校3年生までの2年間は、トップコートが提携する演劇学校の大阪校に週1回通ってもらう。そこで演技の基礎を勉強させて、大学進学と同時に上京してデビューさせるということでした。だから4月1日から所属見込み者として契約したいということでした。

「ありがとうございます。よろしくお願い致します」

そう言って電話を切りました。

私は自分のことのように舞い上がり、すぐ大将に説明しましたが、本人はあまりピンときていないようでした。私が骨を折って事務所を探していたという「影の父親プロジェクト」のことは知りませんでしたからやむを得ない反応だったかもしれません。とにかく私は1本の電話のおかげで胸をなでおろしました。

タイミング

その後、3月半ばのことです。

私は数年前から台東区蔵前に1LDKのマンションを借りていました。仕事で毎月10日間ほど東京へ行くためです。良い機会なので、冬休みに入った大将も一緒に連れて行き、事務所に挨拶することにしました。

事務所を訪れると、後にマネージャーになる荻野さんがいました。

「お父さん、息子さんを今日から3日間預からせてください」

突然聞かれたので、

「いいですよ。息子は明後日まで滞在予定ですから、ちょうどいいですね」

私はそう答えて、まだ話したそうだった大将を置いて事務所を後にしました。大将はその後の2日間で帰らせるつもりでいました。

翌日から荻野さんは大将を連れて2日間、朝から夕方まで関係各所に挨拶回りをしました。そのときはまだ大将のプロフィールや宣材写真は用意していない状態でした。

集英社へ行くと、『テニスの王子様』の舞台のメンバーに良さそうだと言われ、スタッフが大将を見に集まってきたそうです。

1日目から荻野さんは、「この子、あたりが良いな」と手応えを感じたといいます。

2日目も日が暮れてきて「さあ、そろそろ夕方だし、今日は終わりかな。そうだ、最後に東映に寄ってみよう」ということになったそうです。目の前に銀座の東映本社があったからです。

その日は仮面ライダー制作責任者の塚田英明プロデューサーがたまたま在社していました。3月といえば、ちょうど次の9月から始まる仮面ライダーシリーズの主演オーディションが真っ盛りの時期なのだそうです。

次回作は、15歳前後の少年が仮面ライダーになっていくという設定でした。主役の座を狙って、大手プロダクションでイチオシの俳優たちがオーディションへ押し寄せるわけですが、その時はまだ主役が決まっていなかったのです。

塚田プロデューサーが大将を見るなり

「この子、だれ」と興味を示しました。

それから、みんな周りに集まって来て、

「この子、明日も来られますか」

といって盛り上がったそうです。荻野さんはそれを了解して、翌日また2人で訪ねることになりました。大将が連れて行かれた先は正式なオーディション会場でした。

マンションへ帰ってきた大将は、「お父さん、『変身、変身』ってガタイの良いお兄ちゃんたちと一緒にやってきた。傑作でしょ、面白かったよ」と話してくれました。

なんというタイミングの良さでしょう。大将と東京で過ごしていると、まるで運命が手繰り寄せられてくるような感覚で、周りからチャンスが巡ってくるようでした。

「また来て」「もう一度来て」

当初、2日間で帰らせるつもりが、大将は結局1週間も東京で過ごすことになりました。

私は3月の終わりには顧問会社の決起集会や新人セミナーなど、大阪での仕事が忙しく、先に戻っていたのです。

第7章
大将、仮面ライダーに抜擢される

息子さんを転校させてください

東京での1週間は大将にとって、そして私にとっても、幸運な出会いの連続でした。

大将は期待に胸を膨らませ、高校を卒業したら東京の撮影所へ出入りして活躍すると信じて大阪へ帰ってきました。

3月のある日、私の携帯に1本の電話がありました。荻野さんからです。

「お父さん、もし大将君が仮面ライダーの主役に抜擢されたら転校できますか」と切り出されました。

私はあまりに突然の展開にびっくりしていいました。

「そんなの無理ですよ。息子はいま進学校へ通っているし、芸能活動は、大学に入ってからさせようと思っているのですから」と断ったのです。すると、荻野さんはテンションを上げて「いやいや、お父さん、そうじゃないのです。仮面ライダーをやるって、凄いことなのですよ。実はもう『仮面ライダーW』の主役が決まりそうなのです。ですから、決まったら、ぜひ東京に転校させてもらえませんか」と説得されました。

息子に大役がもらえることになる。しかし、それは今の学校からの転校を意味するわけで、仕事が始まるということは、学業はどうしてもおろそかにならざるを得ません。

私は複雑な気持ちでした。「まず早稲田大学に入る」という私と息子の約束はどうしたらよいのだろう。

仮面ライダーのオーディションに、何度も来てほしいと言われたことから、「もしかしたら」と思ってはいましたが、まさか本当にそうなるとは考えてもみなかったからです。

その後3月末の昼過ぎ、ついに仮面ライダー主演決定の電話がありました。

もう、私は意を決して答えるしかありません。

「わかりました。そうなったときは前向きに考えましょう」

その知らせを受けた時には、本人は自宅2階の部屋で寝ていました。

4月に予定していた事務所との契約前の話だったので、普通はありえないことだそうです。

俳優の卵、儲かりまへん！

4月1日付けで事務所ととりあえず仮契約を結びました。

映画界も厳しい世界で、資金が潤沢にあるわけではないことはわかっていました。それでも私は、主役ともなれば初めからギャラをもらえると思っていました。月20万円くらい稼いでくれるなら、何とかなると計算していました。しかしそれは大きな見込み違いで、そこから大将が売れるまでにかなりの出費を伴うことになってしまったのです。

上京するにあたり、事務所に相談してみました。私が仕事用に借りている蔵前のマンションから東映撮影所に通わせたいと言うと、

「お父さん、仮面ライダーは朝から晩まで撮影があって、かなりハードな仕事です。撮影所のある大泉学園駅にアパートを借りてもらわないと仕事になりません」と反論されました。黙って考え込んでいると、

「大体、その辺りのアパートの相場は7万円くらいです。補助金として7万円までは事務所が持ちましょう」

と提案されました。しかし調べてみると、月7万円でセキュリティーがしっかりしているアパートなどありませんでした。私は心配だったので、月11万円の駅前のマンションを借りました。

「食事は現場でお弁当が出るし、マネージャーがいるときは出してもらえますよ」

とも言われましたが、実際はそううまくはいきません。食費などのために月10万円以上は仕送りが必要でした。育ち盛りの息子には、それでも足りないくらいでした。高校の授業料もかかります。大阪は公立で無料でしたが、大将が行った日の出学園の芸能コースの学費は安くはありませんでした。

身長も伸び、服や靴のサイズも大きくなります。息子は、私と会うたびに、

「お父さん、服がない」

「靴も履けなくなってきた」

「今度取材があっていつも同じものを着ていられないし……」

とオネダリしてきます。

今の大将なら衣装はメーカーからタイアップで提供されることもありますが、ヨチヨチ歩きの俳優の頃にそんな好待遇はありえません。会うたびに15万円くらいかけて洋服や靴を買い与えていました。私もファッションが好きでしたが、自分のものは買わなくなりました。節約のため、大阪と東京を往復する新幹線のグリーン車に乗ることもやめました。

大将と原宿を歩き、服と靴を買うだけで十数万円の出費です。大好きだったゴルフも5年以上やめました。大将が成功するようゴルフを絶って「験担ぎ（げんかつぎ）」をするという意味も込めていました。

「これって一体どういうことなのだろう」

私はかなり困惑しました。主役に抜擢されて、ひょっとしたら悠々自適かなと甘く考えていたのです。番組公開後は、周りの人からも「主役おめでとうございます。これで菅生家も安泰ですね」などと真顔で言う人もいましたが、実際は火の車でした。とはいえ周りには、実態を伝えることはしませんでした。

お兄ちゃんは仮面ライダー

大将は

「お父さん、いくらお父さんが元役者でも、演技のことは1年間何も言わないでおいて欲しい」

と私に話しましたが、芝居は初めから上手でした。「仮面ライダーW」は主役が二人だったので、少し助かったところがありましたが、それを割り引いてもしっかり芝居をしていたと思います。

アクションも多いし、標準語も話さなければならない。新しく覚える事がたくさんありすぎて大変な毎日だったはずです。まだ16歳で、初仕事が国民的ヒーローなのですからさぞかし荷が重かっただろうと思います。

成長期なのに寝不足続きで、朝から深夜まで撮影が続くまさに仮面ライダー漬けの日々でした。撮影は5月15日から始まって、6月30日には公式発表です。東京国際フォーラムの大ホールで発表されるのですが、それまでは、すべてが極秘です。もちろん、大将が主役を張っていることも誰にもいえません。

「このことを知るのは、お父さん、お母さんまでにしてください。ご兄弟とか周りには絶対に言わないでくださいね」

と念を押されました。ですから当時小学校2年生の三男は、上の兄が急にいなくなり、涙をぼろぼろ流して泣いていました。学校の授業中も、急に泣き出してしまう。三男の新樹は「大将お兄ちゃん」が大好きだったのです。長男恋しさに泣いている三男を見ていると私はかわいそうで仕方がありませんでした。

「新樹、お兄ちゃんは仮面ライダーになったんだよ」

などといえば「本当に。やったあ！」と大喜びでしょうが、約3ヶ月は内緒にしなければならないため、伝えるのを我慢するしかありませんでした。

6月30日の発表が終わり、新樹が事情を知ると、それはそれは喜んで大変な騒ぎでした。

「僕のお兄ちゃんは仮面ライダーになったんだ。次の9月から絶対に見てね」

と宣伝してまわってくれました。

先日までは兄がいなくなったと泣いていたのが、今度は仮面ライダーに出ると言い出して、この子は頭がおかしくなってしまったのかと、周りも心配していたそうです。

後で聞きましたが、大将が上京してから、妻も毎晩風呂場で泣いていたそうです。まだ高校1年生で、16歳になったばかりの子どもですから母親にとっては可愛い盛りです。だからその後は妻にも頻繁に東京に来てもらい、部屋の掃除だとか、食事の世話を頼みました。やはり、成長期の子を持つ母親としては食べるものが一番心配だったことでしょう。

大将は仮面ライダーの撮影で、平均睡眠時間が3時間か4時間ほどしか取れませんでした。あれがなければもう少し身長が伸びたかもしれないと、私は少し悔しい気もしています。

大将の成長

大将はまだ高校2年生でしたが、この大役をしっかり仕事として捉えていました。社会人として適応するのが早かったと思います。みんなが自分のために動いてくれているということがわかっていたのでしょう。私が手伝わせていた勉強会で培った「コミュニケーション力」が活かされたのだと思います。

秋になり、撮影もだいぶ慣れてきた彼に会うため、私と妻は三男を連れて東京・大泉学園の東映撮影所を訪れました。大将は現場を案内してくれました。その時に、コイツ、逞しくなったなと思いました。

「お父さん、ここでこう撮っているんだよ」

「意外と狭いでしょ」

「変身のときにはＣＧを使って……」

いろいろわかりやすく親切に説明しながら回ってくれました。三男は、興奮しっぱなしです。久々に会った大好きな兄が、仮面ライダーの主役として、現場の説明をしてくれるのだから夢見心地だったのではないかと思います。

私も、撮影が始まって４ヶ月で、大将はよくここまでたくましく成長したなと感心しました。もう大人の世界で仕事をしているのだなと、誇らしくも思いました。

それでも、実は全てが順風満帆だったわけではありません。やはり、学業のほうがおろそかになっていました。高校を出られるかどうか危ない状況でした。

大将は、日出学園夜間通信部の芸能・スポーツコースへ通っていました。工藤公康さんのプロゴルファーをやっている娘さんや滝沢カレンさんが同級生だったと思います。かつて多くのアイドルが通っていた堀越学園のようなところで、生徒は芸能人ばかりです。

大将は撮影が忙しすぎて、学校にはほとんど行けず、課題も出せずで卒業が危ぶまれました。高校での課題は、私が手伝うこともしばしばでした。大将を中卒で終わらせるわけにはいかないという親心からでした。

大切な登校日に大将が、

「お父さん、今日は体が重くて学校に行けない」

と言い出した日もありました。この時ばかりは「甘ったれるな」と思い切り平手で叩きました。私の目は涙でいっぱいでした。私は、大将をどうにか高校を卒業させたかったのです。先生に、

「どこの大学だったら入れますか。夜間でも良いですから、何とかなりませんか」

と度々相談していました。

仮面ライダーは1年で終わります。浮き沈みの激しい芸能界は、その後が保証されているわけではありません。選択肢を持っておいてほしかったのです。

今まで大将に2度ほど、

「もう大阪へ帰ってこい」

と言ったことがあります。このままだと高校を出られない。気を引き締

めなさいというつもりでした。朝は起きられないし、仮面ライダーの撮影にも度々遅刻していたようでした。

主役なのでセリフもたくさん覚えなければなりません。まったくの素人のままで現場に入っているわけですから、覚えることが山ほどあったはずです。本人も私も、肉体的にも精神的にも苦しい日々でした。

初めは、カメラの前で相手の俳優と目を合わせることもできないくらいでした。「カメラを舐めて」（俳優の手前にあるもの越しになめるように短く撮影されるショット）といった業界用語もわからないわけで、扱う方も大変だったと思います。

「君次第で仮面ライダーの歴史が終わってしまうかもしれない」

大将は制作サイドの人からそう言われて、ものすごいプレッシャーを感じていたようです。高校2年生になったばかりの大将は、重責を担わされ苦しく大変だったと思います。

しかし1年間主役を務め、辛い日々を送ったことでいろいろな知識が一気に習得できたのも確かなようです。演劇学校を出るくらいの経験値は積めたのではないでしょうか。渋谷公会堂で行われた「仮面ライダーファンの集い」ではMCや、即興劇も、トークショーも難なくこなしていました。仮面ライダーはテレビだけでなく、映画も年に3本も撮影しました。

すべてのことを「仮面ライダー学校」で教わり、俳優として必要な知識や経験がいっぺんに身についたようです。過酷で厳しい現場だったことは間違いありませんが、今の菅田将暉があるのは、この経験があってこそでしょう。

仮面ライダー卒業後

息子の仕事に対する評価は、親としては当然いつも気になっています。16歳で仮面ライダーデビューをして間もなくのころは、マネージャーの荻野さんからよくメールをもらいました。

「菅田君は、ほんの少しの時間でインタビューを受けた記者のこともよく覚えていて、誰に対しても挨拶とお礼を欠かさないので、現場でとても評判が良いです」

そういう内容のメールが送られてくるたび「このまま感謝の気持ちを忘れずに頑張って欲しいな」と、妻とも話したものでした。

その後荻野マネージャーの頑張りと努力が実って映画「王様とボク」の主役を射止めました。彼はもう芸能界にはいませんが、彼のおかげで大将は俳優人生で最高のスタートを切ることができました。本当に感謝の気持ちでいっぱいです。

仮面ライダー卒業後は、売り出し方も進化した気がします。

映画「共喰い」の主演を果たし、２０１３年度の日本アカデミー賞新人賞を受賞しました。この作品は、芥川賞作品の映画化で、出演作としては初のR指定でした。息子の自慰やセックスシーンもあり、夫婦で目をふさぎながら観ました。この作品の現場で、菅田将暉を厳しく育ててくれた青山真治監督も恩人の一人です。彼の講演会があると聞き、私一人で出かけたことがあります。代官山蔦屋書店の会場で、観客は30人ほどのトークショーでした。講演が終わってから、持参していた「共喰い」のパンフレットにサインを求めたのですが、その時「息子がお世話になりました。本当にありがとうございました」と話しました。監督はとても驚いて、私が菅田将暉の実父だと気づいた映画関係者も声をかけてくれました。本当に良い子だと、たくさん褒めてもらい気恥ずかしくもありました。私は撮影時期に本人の精神状態が良くなかったのを知っていたので、よく頑張ったのだなあと感無量でした。

役作りの努力を見ていると、体重を減らしたり増やしたり、本当に感心します。

２０１４年の映画「海月姫」では、女装好きの男子を演じるため、体重を64キロから50キロに落としました。骨盤矯正をして、寝るときにはメディキュットを履いていました。モデルとしてのシーンの撮影もあり、歩く練習のために自宅に置いてあった27センチの真っ赤なハイヒールを見た時にはギョッとしました。

その後、映画「溺れるナイフ」では、15歳の少年を演じ頬をこけさせるために独自のダイエットを実行していました。食事制限は大変そうでしたが、監督のリクエストにきちんと応えていました。

２０１７年公開の映画「あ、荒野」では、いったん15キロ体重を増やし、短期間で減量と筋肉作りしながら、どんどんボクサーになっていく様子を実際に撮影しています。私がアイスクリームを食べながらテレビを観ていて、横にいた減量中の息子に、

「美味しいアイス買ってあるから食べや」

と言ってしまってもまるっきり動じることはありませんでした。

私もテレビに出る時は、できるだけカッコよく映りたいものですから、5キロくらいは落として肌の状態も整えます。テレビ番組をやっていない時は太り気味で、よく妻に「そろそろテレビダイエット始めませ

んか」と皮肉を言われます。今のテレビは鮮明すぎて、肌もハッキリ映すので「出演者泣かせ」はこの上ありません。

息子はセリフをすぐに覚えられるようです。どんな方法で覚えているのか、本当に不思議に思います。ドラえもんの「暗記パン」でも持っているのではないかと思えるくらいの早さで驚いています。

ある時、現在進行形の台本が10冊以上も積まれていたことがありました。「台本覚えるから」と自室にこもって1時間もするとギターの音が聞こえてきます。

将来は阿部寛さん、中井貴一さん、佐藤浩市さんのような存在感のある俳優になってくれると嬉しいと妻とも話しています。

私は、男の子の人生は「スタンド・バイ・ミー」だと思っています。主役のガリガリの少年が成長していく物語なのですが、彼は少し年長のリーダー力のあるカッコイイ先輩の背中を見ながら学んでいきます。私の場合もそのようにして大きくなってきた気がします。

大将とは、演技についてデビュー当時からよく議論をかわしました。演技する時の手の位置だとか、背中向きの時の顔の表情だとか、とても細かい部分まで研究しています。

私は演技とは難しいものだとわかっていますから、頭ごなしの批判はしません。難しいという前提のもとに、同じ目線で話すようにしています。

菅田将暉という名前

実は、大将のデビュー直前に、事務所から「菅田将暉」という芸名を聞かされた私は、大変ショックでした。大将のデビューが決まり、「これで『菅生』という名前が世に知れ渡る」と期待していたのです。菅生とは、なかなか読んでもらえない名字ですから、ああ、せっかく菅生の読み方を知らしめるチャンスなのにとても残念だなあと思いました。

大将も最初は芸名に戸惑っていたようです。

「お父さん、俺やっぱりマサキにはなりきれない。ピンとこないわ」

と、つい3年程前まで言っていました。今は慣れたようですが、それが本音でした。

「菅生」にこだわった私も、今はオンとオフを切り替えられるので芸名はあったほうが良いと思うようになりました。

「菅田将暉」もカッコイイ名前ですけど、なかなか読めない名前です。「すがた」「すげた」と読む人には出会ったことがありますが、「すだ」とは読めません。「カンダマサキ」とも読めます。俳優や歌手に芸名が多いのは、オンとオフの切り替えができて、ストレスの分散ができるからかもしれません。

第８章
スゴー家の人々

家庭より、仕事だった

私が結婚したのは30歳の時です。それまでの私には、その時々の彼女がいつもいましたが、結婚願望を持ったことはありませんでした。お付き合いをしていた彼女から「結婚」の二文字がチラつくたびに逃げていたのです。今思うとひどいことをしたと反省しますが、当時の私は所帯を持つことより仕事で成功することの方が先決でした。ただし、それは表向きの言い訳です。後から気付いたことですが、私が誰よりも仕事に打ち込んできたのは、「家庭を持つことへの不安」の裏返しでもあったということです。

お袋は、私たち兄弟を一生懸命育ててくれました。しかし私は、親父の不倫問題に巻き込まれ、金銭的にも苦労をしたため、「やすらぎ」の持てない家庭環境で幼少時代を過ごしました。そのため、家庭を持つことに対して人一倍恐怖感があり、どこか自分の将来には縁遠いと感じていたのです。私は長男として背伸びをすることを常としてきました。「アットホームな家庭は幻想」「仕事で大成することこそよき人生」と自分に言い聞かせて生きていたのです。

温かい家庭を持つこと。それは、本来誰もが願い欲することだと思います。しかし私は、それを素直に受け入れるまでに時間がかかりました。私の心を開いてくれたのは、いまの妻である好身と、その両親でした。

妻は、私に一目惚れだったと言います。出会った瞬間に私と結婚しようと決めていたそうです。私は前述した通り、結婚願望はありませんでしたが、彼女はその気で自分の両親に会わせてくれました。後に義父となる木村豊さんは、高級紳士服のブティックを経営しており、私の妻も父の背中を見ながら店を手伝うという家庭環境で育ちました。

初めて彼女の家庭に招待され食事をした時、言葉にするのが難しいのですが、ジーンと伝わってくるような不思議な感覚があったのを覚えています。妻の家族は、まるで柔らかな毛布のように温かく穏やかで、私はそれまでに経験したことのない強烈な憧れを抱きました。そして、彼女の家族を見ていて、私もそうなりたい、そうできるのではないかと、初めて家庭を持つことを意識したのです。

オノロケを承知で言いますが、私の妻は結構美人です。しかし、それ以上に私が魅力的だと感じているのは愛嬌の良さです。普段、面と向かってこのようなことは言いませんが、共に歩んだ人生を振り返れば、彼女の明るさと笑顔にどれだけ助けられてきたことか。結婚とは無縁だとばかり思っていた私の人生に、彼女が劇的な変化をもたらしてくれました。

人と人との出会いにはすべて意味があり、繋がっていたのだと不思議な縁を感じずにはいられません。

点が線になる

私が物心ついたころには、自分の親父を悪者のように思い込んでいました。嫌というほど悪いところを見たのでしかたがないのかもしれません。しかし、この本を書き進めていくうちに、過去の記憶が曖昧なことに気がつき、たくさんの疑問が浮かんできました。特に、離れて暮らしていた親父のことについてです。それならばと、思い切って親父に直接会って話を聞くことにしました。私は親父が経営している大阪・住之江にあるスナックへ足を運んだのです。親父と腹を割ってじっくり話をしたのは生まれて初めてでした。

私が思い出そうとして思い出せなかったこと。それはまず、高校受験に失敗して私立高校の学費を親父に出してもらった時のことです。私は親父の話を聞くまで、あの時すんなり会えたのはお袋に親父の住所を聞き、自分が訪ねていったからだとばかり思っていました。しかし、事実はまったく違っていたのです。

「お父さんなあ、お前たちと離れて暮らすようになってから、結核がひどくなったんや」

「えっ」

「29歳で会社で吐血して、だましだまし働いて37歳の時1年間入院しててなあ。そん時なあ、お前たちに会いとうなって、たまらんくてなあ。週に3日はお前たちの住んどる府営住宅に様子を見に行ってたんや。見つからんように、影からそーっとやで」

私は、驚きのあまり言葉を失いました。あの親父が、私たちにそのような思いを持っていたとはつゆほども知りませんでした。私は親父の気持ちも知らず、弟と一緒に家を飛び出して、その後に親父は病気になってしまったのです。

「お前が受験でスベった日になあ、お父さん、たまたまお前に会いに行ったんや。そしたら見つかってもうてな。お前、私立の学費出してくれ言うねん。そいで、よっしゃわかったわ言うて出したったんや」

「それホンマなん。ずっとお袋に親父の居場所聞いたと思ってたんよ」

「お前、覚えてへんのか。お父さんを見つけるやいなや、ダーっと走ってきたんや」


親父の記憶ははっきりしていました。私が生まれた日のことも、詳細に語ってくれました。

お袋が私を産んだ時は、2ヶ月もの早産で、1,700グラムで生まれてすぐに命を脅かす危険が迫りました。へその緒から黴菌（ばいきん）が入ってしまい、私の腹部は膿でパンパンに腫れ上がったのです。医者から「今夜がヤマだろう」と言われ、父方の祖母とお袋、親父に見守られ、辛い一夜が過ぎました。翌日、奇跡的に膿が外に出て、命が助かったのだそうです。私は、自分が生まれたとき、親父もいたとは思っていませんでした。聞いていたのかもしれませんが、あえて親父のことは記憶から排除してしまっていたのかもしれません。

人間の記憶とは、とても曖昧なものらしいです。私はいくつかの親父との記憶を封印していました。病気で生きるか死ぬかの我が子の無事を祈り、眠れぬ夜を過ごした親父の心情は、自分も父親となった今なら理解することができます。自分が病気で死ぬかもしれないという瀬戸際に立たされて、何としてでも子どもに会いたいという気持ちになったのでしょう。本当は親父は、家族を大切に思っていたのです。しかし、もしもあの時、結核の親父が出て行かず家にいたらもっと不幸が押し寄せて一家心中に追い込まれていたかもしれません。

私は、ある光景を思い出していました。1歳の時、親父が何度も連れて行ってくれたあの桂浜の海岸です。その頃の記憶はないけれど、その後にひとりで訪れた時に体が、それから胸がジーンと熱くなったことが頭を巡りました。

本当は、私はずっと親父がいなくて淋しかったという、当時の思い出がこみ上げてきそうな感覚でした。

その親父とお袋が40年ぶりに再会することになりました。一昨年、84

歳のお袋は心臓病で生死の淵をさまよい、7時間の手術に堪えました。私は親父に訳を話して入院先の病院に呼びました。お見舞いに来た親父は病室のお袋に、「2人とも本当に良い子に育ててくれてありがとう」と深々と頭を下げました。

スゴー家の人々

前述しましたが、長男・大将の下には2人の弟がいます。2人も私たち家族にとってかけがえのない存在です。私は息子たちのことを思い、3人とも上京させると決めていました。2020年開催の東京オリンピック前後の、関西と東京の景気格差を考えたからです。

次男・健人は大将の4歳下で現在大学3年生です。

健人という名前は、私が大好きな映画「スーパーマン」の役名から名付けました。スーパーマンに変身する新聞記者「クラーク・ケント」からです。当然、画数も整え良い名前ができたと満足していましたが、後々同世代に「健人」という名前が多かったことに少しショックを受けました。次男特有の性格なのか、兄と弟の間で器用に立ち回ります。習字、ピアノ、ダンス、英語など、稽古事の覚えも早く、とくにダンスは群を抜いています。小学校高学年から大学生になるまでの間に、自分で振り付けができるほど上達しました。高校では体育祭で各チームの応援の振り付けを頼まれ、学園祭では振り付けだけでなく自分で歌って踊るオンステージをこなして大人気でした。高校1年生の頃だったと思いますが、すでに東京で俳優活動をしていた大将から電話があり「お父さん、今日、健人がエグザイルのボーカルオーディションに行って、ヒロさんの前で歌ってきたらしいで。あいつ凄いなあ」と言ったのを覚えています。

大学へ進学した健人に対し、ダンスかバンド活動に熱中するのだろうと私は思っていましたが、彼はアカペラ部を選びました。先輩や同級の仲間たちに溶け込み、４人組ユニット「ケミカルテット」ができたようです。最近の話ではアカペラスピリッツＥＸ三年生全国大会で優勝しました。アカペラの世界では名前が知られるようになったとのことです。大学の第1回歌うま選手権でも優勝し、目覚ましい活躍をしています。東京にある健人の部屋には、キーボード、マイクロフォンが揃い、録音スタジオのようです。「菅田将暉の弟」ということはあまり知られていないようで、

「僕、『スゴケン』の呼び名で有名になってきているんやで」

と妻に語ったそうなのです。大好きな兄を、密かなライバルとして意識しているのでしょう。私は健人に「表現者」そして「プロデューサー」としての可能性があると感じています。

数年前に開催した私の出版記念パーティーで、こまめに動いて采配を振るう健人を見た作曲家の中村泰士先生から、

「菅生さんに似て、仕事を率先してこなしている次男が経営コンサル業を継ぐんやろうね」

とまで言われました。

私の昔からの友人で椎間板ヘルニアのレーザー治療の名医であり、当時、衆議院議員の伊東信久先生も、

「健人君が東京出てくるのなら、アルバイトで仕事を手伝って欲しい」

と言ってくれました。大学に入ったばかりの18歳の健人の初仕事は、議

員会館での衆議院議員私設秘書でした。初めて作ってもらった名刺を持って、ネクタイとスーツ姿で満員電車に乗り、永田町へ通った大学1年生でした。大学2年生になる前には、こんなこともありました。菅田将暉が笑福亭鶴瓶さんが司会のトーク番組「Aスタジオ」（TBS）に出演した時のことです。ゲストには秘密で、その家族や友人にインタビューしてゲストを驚かせるコーナーがあるのですが、この時に制作会社から連絡があり、当時一緒に住んでいた健人にインタビューの声がかかりました。番組内で収録を見た鶴瓶さんが、

「オモロイし、話も上手いし、ようできた弟やわ」

と褒めていました。このスタジオ収録には、健人と妻が見に行きましたが、帰ってきた健人が「あのスタジオで働きたい」と言い出したのです。そこで私は知り合いの放送局のプロデューサーに健人を紹介し、何

かアルバイトはないかとお願いしました。学生のアルバイトはなかなかないとのことでしたが、バラエティー番組の制作会社を紹介してもらいました。健人は現場のアシスタントディレクターとして働き始めました。しかし、テレビ番組の仕事は時間的に不規則で、学業との両立は困難でした。そんなこともあり、大学でアカペラのクラブ活動に真剣に取り組みたいと考えたようです。かつてはエグザイルのボーカルオーディションにチャレンジした健人ですが、プロの歌手、芸能人になりたいとは言いません。今は学生時代にしかできない経験をたくさん積み、将来はテレビ局か制作会社か広告代理店で自らの企画力や行動力を生かした総合プロデューサーになるのではないかと楽しみにしています。

三男・新樹（あらき）の名前も私たちで付けました。妻が夢で見た「樹」という字と私の名前を合わせ、新樹と名付けました。

小さい頃からよく食べる元気な子でした。ギョーザが大好きで、寝言で「ギョーザ」を連呼して、私たち夫婦を大笑いさせました。食欲旺盛な人は気持ちの優しい人が多いと誰かが言っていたのですが、新樹の優しさは並みではありません。

新樹は「人懐っこさ」においてかなう者はいません。赤ん坊の頃から誰に抱かれてもニコニコ笑い、歩くようになっては知らない人にも臆せず話しかける子どもでした。小学1年生の頃、家族で温泉旅行に行った時のことです。先に湯船に入り、知らないおじさんの相手をしながら「へえーおじさんも大変なんやなあ」と言って、私にその人を紹介してくれました。

新樹が2年生の時には、大将が「菅田将暉」となり上京しました。大好きな兄がいなくなり、一番淋しがっていましたが、大阪から兄を応援して過ごしました。クラスメイトによく兄の自慢をしていたようです。仮面ライダーWの放送が始まって3ヶ月が経過した頃、新樹は大将に一本の電話をかけたそうです。

「あのね、お兄ちゃん。今度帰ってきたら会ってもらいたい友達がおるねん」

その会わせたい友達は、この時小3の新樹が仲良くしていたクラスメイトの村本君でした。村本君は小2の時学校のマラソン大会の練習で走れなくなって病気が見つかりました。その心臓と肺の病気で、それから車椅子生活を送っていました。鼻に酸素吸入のチューブを入れ、学校も長期入院で1年間休むことになりました。その後も時々登校して悲しそうな表情で1人ポツンとしていた村本君でしたが、新樹が持ち前の人懐っこさで寄り添い、それによって周りの友人も増えていったらしいです。村本君は新樹の兄が主演している仮面ライダーWの大ファンで病気の励みにしていました。新樹はそれを知り、村本君に兄を会わせてもっと元気になってもらいたいと考えたのです。

この電話のやりとりの数日後、大将から私に電話がかかってきました。

「お父さん、1日だけ帰るから新幹線使わせて」と。

私はその時、何も知りませんでしたが、3人の兄弟で打ち合わせをして実行に移したのです。

大将が大阪に帰ってくる日、私は仕事帰りでたまたま妻の運転する車の助手席に座っていました。後ろの席には次男と三男が乗っており、新大阪駅前のロータリーで長男をピックアップしました。仮面ライダーの撮影をし、その足で一泊だけで帰ってきた長男を乗せてしばらく走った車は、ある一軒家の正門前で停まりました。助手席でウトウトしていた

私は何も知らなかったため、

「ココどこ？」

と運転席の妻に聞いたのですが、その瞬間、後ろのドアが開き、

「いくぞ〜！」

と三兄弟が知らない家に突入していきました。私が唖然としていると、その家の人と思われる女性がこちらを見て何度も頭を下げていました。

私は車で3人を待つ間、妻から事情を聞くことになりました。

玄関でこちらに頭を下げていた女性は新樹の同級生の村本君のお母さんでした。村本君がこの数日、体調が悪いことを知り、兄に今回のサプライズを頼んだというのです。

全てを知った私は、新樹の優しさに車の助手席で涙があふれました。

大将は未発売のライダーフィギュアにサインをして村本君にプレゼント

し、三兄弟と村本君は楽しく小一時間を過ごしたそうです。

満面の笑みで過ごせた村本君は、次の日から予定されていた入院をしなくてもよくなった、と妻から後で聞きました。

村本君は新樹にとって普通に接する大好きな友人で、小3から小6まで同じクラスになり、休み時間は2人でいつも将棋などをしたり、彼が休学していた時も、学校の帰りも、日曜日も毎日家に遊びに行っていました。新樹は入退院を繰り返す村本君の心の支えでもありましたが、急に兄がいなくなった新樹の支えが「天使のような笑顔」の村本君だったのです。

小6の修学旅行は、村本君の両親も子ども達の新幹線とは別で広島まで車で行き、子ども達の旅行は遠くから見て、現地のホテルでは付き添いで泊まったそうです。旅行で車椅子を押すのは常に新樹です。学校が

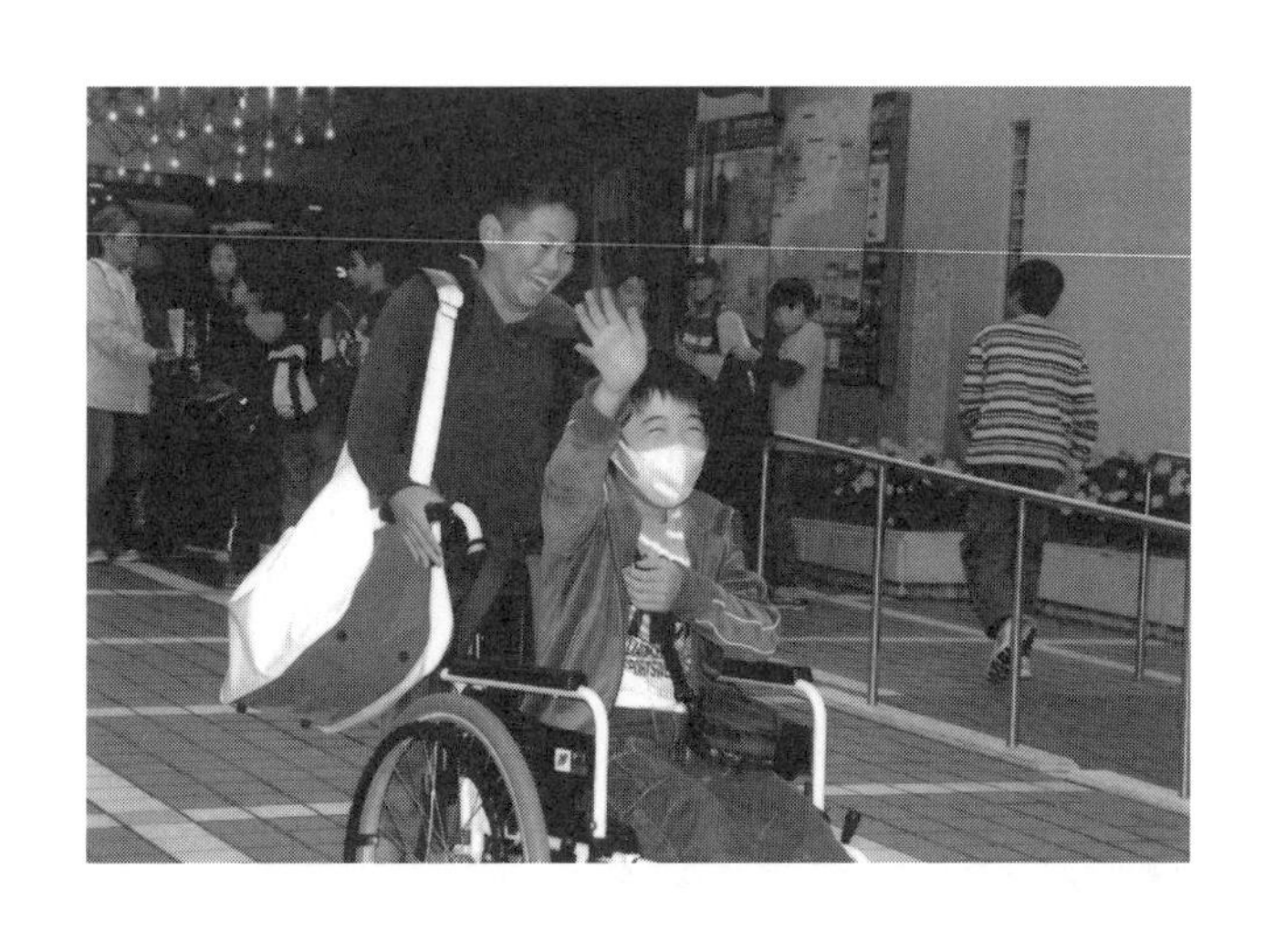

撮影したこのツーショットの写真は、我が家でも中央に飾っています。
それから数年ぶりに先日、村本家へ新樹と訪ねました。肺手術も成功して大きくなった村本君は鼻のチューブも取れ、車椅子でもなく、高校に自転車通学していました。卓上には我が家の三兄弟と村本君の病室や自宅での写真が沢山飾られ、お母さんも新樹に感謝してくれていました。しかし、こち

らこそ感謝なのです。この2人の絆は、必然でまだまだ続く友情の物語です。

2人の兄が上京して3年前から新樹は一人っ子のようになっていきます。しかし、自分が所属するバスケットボール部の先輩や後輩を家に呼び、5、6人で雑魚寝合宿をしています。中学に入るまで、母と一緒に風呂に入りながらその日の出来事の詳細を話す「甘え上手」だった新樹が、仲間の世話を焼く姿に、私は頼もしさを感じています。

私が20年以上大阪・梅田で開催している月例の経営者勉強会にも毎回、高校の授業を終えてかけつけ、受付や書類配布を手伝います。例会のあとのおいしい食事会も目的でしょうが、新樹は私の貴重な戦力です。

それとどうやら個性豊かな社長たちから愛されることを本能的に欲し

ているようなのです。私は新樹が様々な社長たちとライン交換し交流を広げているのを見て、将来はサービス業か、営業マンか、エンターティナーが向いているのではないかと思っています。

いま、私にとって家族以上に大切なものはありません。特に3人の息子のことになると、おしゃべりが止まらなくなってしまいます。三人とも、可愛くて可愛くて仕方がないのです。

そして長男の大将のことですが、テレビやラジオで、度々私の話をしてくれているようです。私も本人に呼ばれもしないステージを見に行くこともしばしばで、相変わらず熱心に応援しています。新しい情報が入るとタイトルや出演時間などこと細かく友人、知人にメールやラインで知らせます。その数は100人を超えます。先日、テレビでもこんな話をしていました。我が家のトイレに貼ってある言葉が、ピンチの時に頭をよぎり、立ち向かう勇気につながるというのです。

「できる・できる・私はできる」

3人とも、なんだって出来るんだぞ。このトイレの張り紙に託した私からのメッセージが、これからも3人の飛躍に繋がることを祈るばかりです。

人生はモチベーションを探す旅

『笑い』『集い』『感謝』

これは私が掲げる菅生家の3信条です。私が今までの人生で培った大事な言葉です。

笑顔で明るく活き活きとしていれば、良い「気」を持った人が集まってきます。その仲間同士が、影響し合って、感謝のコミュニティを作ります。

私のモチベーションはかつて「ナニクソ」の反骨精神そのものでした。しかし、それからステージが上がるたびに、モチベーションにも変化が訪れました。貧しかった少年時代、お金が欲しかったアルバイト時代、出世したかったサラリーマン時代、事業を広げるために一生懸命だった独立したばかりの時代、ラジオやテレビのMCをしながら多くの人脈を築いた時代、そして父となり、子どもの独立を見届けようとしている今があります。役目が増えるたびに、モチベーションの数も増えます。そして、いくつものモチベーションを持っているということは、とても幸せだと感じています。

人生とは結果を求めることではなく、モチベーションを探すことだと思います。そのことが生きがいにつながります。これから先、人生百二十年と言われる時代がやってきます。そこで考えるべきなのは老後の貯蓄より、質の高いモチベーションをいくつ持っているかだと思うのです。そして、もっとも大切なものは苦楽を共にする良き家族であり仲間です。

まずはモチベーションとなることを見つけ、心身の健康を目指す。そうすると、同じ思いを持った仲間が見つかります。共に笑い、共に泣き「ありがとう」と感謝の言葉を言い合う。この循環をいくつも重ねることができるなら、人生がいくら長くなっても怖くないと思います。

私の人生は、母と弟を守るという使命感と父の愛を渇望した日々からスタートしました。しかし、今こうして一人の父親として手探りの半生を綴っています。明確な父親像を持たずに父となった私が、自分自身の半生と子育てについて本を出すことになるとは、人生何があるかわからないものです。

こうして人生を振り返る機会に恵まれ、改めて運命の不思議を感じています。父母、妻、息子たち、そして仕事でお世話になっている経営者の皆様に感謝し、また新たなモチベーションと決意を胸に、新たなチャレンジを続けます。

第9章
妻と私の子育て対談

第8章までに、私がこれまで辿ってきた波乱に満ちた半生や、実父とのわずかな思い出を頼りに「理想の父親像」を追い求めてきた姿を綴ってきました。しかし、「子育て」というテーマを語る時に欠かせないのは、やはり母親からの視点です。3人の息子たちを育てた「影の主役」とも言える妻・好身から見たスゴー家の子育ての実状について、この場を借りて語り合ってみたいと思います。

「家庭を持つことから逃げて、男らしくない！」

夫：僕たちが出会った頃は、僕はエリートサラリーマンではあったけれど、ダメダメな時期でもあったよね。

妻：そうですね。あなたの第一印象は「だらしない人」でした。出会って間もない頃、お友達と一緒に香港へ旅行に行ったんですよね。6、7人くらいで。2泊3日か、3泊4日くらいだったかな。

夫：何かの懸賞で旅行が当たったんだったよな。

妻：旅行中は、それぞれ気の向くままにお買い物をしているのに、あなただけは帰るギリギリまで買うか買うまいかずっと悩んで、結局ひとりだけ何も買わずに帰ってきたのよね。あまりの優柔不断さに私は驚きました。

夫：そう、本当に何も買えなかった。そこで僕の決断力のなさが露呈してしまったというわけです。

妻：小さい頃からお金に苦労をしていたせいもあるとは思うし、買わないことが悪いというわけではないのよ。ただ「欲しい」と言いながら悩んだ挙句、結局全部やめてしまうから、「買えばいいのに」とは思ったんです。当時はバブルだったし、旅行で節約する人は周りにいませんでしたから「どうして買わないのかしら」と本当に衝撃を受けましたよ。大きな会社のサラリーマンだったから、お金は持っているはずなのに。

夫：貯金もあったけど。でも買えなかった。

妻：そんなに高価なものでもなかったのに。でも、それがあなたの良いところでもあったんだと後から気づいたんです。結婚式の段取りをしているあなたの姿を見たの時、私が「だらしない」と思っていたところが「すごい！」に変わった瞬間でした。まあ、結婚が決まるまでは少し大変でしたけれど。

夫：僕は全く結婚する気はなかったし。喧嘩して君の泣きの涙に負けたんよね。「家庭を持つことから逃げて、男らしくない」と言われて。

妻：その喧嘩の時、口論の肝になっている問題、つまりあなたの決断力のなさは経済的な事情ではないと思ったんですよ。あなたは子どものころから両親の揉め事を見ているから、「結婚は幸せになれるものではない」「幸せになるために必要なのはお金だ」とずっと思ってきたんでしょう。でも私はそれは違うと思ったのです。

夫：「男のくせに人生から逃げるのか」と、そこまでボロクソに言われて僕は引っ込みがつかなくなった。それで結婚すると決めた。でも、初めは恋愛感情云々で結婚するというつもりはなくて、パートナーとして一緒に何か仕事をやっていこうと考えたんよ。そうしたら、あれよあれよという間に結婚式の日取りが決まっていった。

妻：実は私の母が一番にあなたのことを気に入って「あの人は人相がお父さんそっくりよ。エラが張って努力家の人相だから旦那さんにしなさい」と言ったんです。私の家族はあなたをとても気に入っていたから、「いつまでに好身と結婚させよう」と作戦を練ってくれていて、だから話が早かったんですよ。

夫：僕の方も、親父の今の奥さんが君を見初めたんよね。あの娘に決めなさいと。

妻：結婚が決まったのは喧嘩がきっかけだったので、ロマンチックなプロポーズという雰囲気ではなかったですよね。

夫：プロポーズが一切なかったから、未だに怒っているんですね。

妻：結婚式の段取りの時は、また別の衝撃がありました。買い物では決断できない人だったのに、結婚の費用を出すと言い始めたから。当時は、結婚式や新婚旅行といったら「親がお金を出すもの」と決まっていたでしょう。結婚費用に関して私は一切出すものと思っていなかった。まわりで結婚した人は、みんな結婚資金は親が出していましたよ。結納金だけ出して、あとは親に任せるというところもあったけれど、基本は親が出していたと思います。

夫：そういうもんやったんか。僕は他の家はどうしているのかと思っていたけれど。

妻：私の両親も当然自分たちが出すものと思っていましたし。うちの実家は商売をやっているでしょ。平均的な家庭よりは少しだけ裕福くらいの家だったけれど、あなたは母子家庭で、ほとんどお金のことは大学生からずっと自分でやってきたわけで。あなたが父と結婚式関連のことで対等にお金の話をしているのを見て、この人は本当に凄いと思ったの。

夫：僕は怖がりだから常にお金を貯めていた。大学時代からずっと貯金していたし、結婚式を親父やお袋に出してもらうという感覚は全く持っていなかったから。結婚式は300万円くらいかかったかな。

妻：お金がなくて結婚式をしないお家もたくさんありましたから、私はあなたのお家が母子家庭で大変なのを知っていたので結婚式はしなくても良いと思っていたんです。

夫：それ、今初めて聞いた。

妻：でも、父と対等にお金の話をしているのを見て、男性として本当に素晴らしいと思ったの。優柔不断だと思っていたけれど、しっかりお金の話をする必要があるときに、大人らしく合理的に考えて話ができる人なのだと気づいたのよ。

新婚時代

夫：お金といえば、最初は僕のほうが稼ぎが良かったけれど、途中で逆転されたことがあったな。

妻：そうね、あなたが脱サラするかしないかの時に、私は補正下着を売る仕事がうまく行き始めたのよね。

夫：あの時は辛いしあせった。奥さんが月に50万円も100万円も稼いできて、自分はどうやって身を立てようか決まっていなかった。脱サラは決めていたけど本当に悩んだ日々だった。

妻：結婚した当時は、私の大阪での仕事が軌道に乗ったばかりだったから、私は大阪の実家に寝泊まりして、姫路のあなたとは週末婚のような状態で結婚生活がスタートしましたね。

夫：片道車で2時間。しんどかったわ。僕は、結婚した後もあなたが実家でそのまま暮らしているから体裁が悪いんじゃないかと心配していた。

妻：いいえ、私もうちの両親も全然気にしていませんでした。会社を辞めることにした時だって、私はあなたに将来は独立してくれたらいいなと思っていましたから。実家も商売しているし、私はどんな形であれ独立してくれるような人のほうが好きだったから。うちの両親もそう思って応援していたんですよ。

夫：それが非常に助かったんよね。うちのお袋はせっかくエリートサラリーマンになれたのにどうして辞めるのかと怒ったけれど、あなたの家に応援してもらえたから。普通だったら娘の生活を心配して会社を辞めないでくれと言われるだろうけれど。

妻：結婚してから4ヶ月であなたは会社を辞めたわね。香港で買い物を決断できなかったあなたが、結婚式の段取りをテキパキとこなして、今度は脱サラですから、またまた私は驚きはしましたけれど、不安はありませんでした。私の父と母はあなたの性質を見抜いていたみたいです。この人ならできるはずだって。

夫：実家の両親は怒っていたんじゃなかった？

妻：全然。実は怒っていたのはお義母さん。うちの両親は応援してくれていました。お義母さんが実家にあなたを止めてほしいと言いに来たんですよ。うちはどちらの言い分もわかると言って、少し困っていましたけれどね。

夫：そうだったのか。てっきりそっちの親がお袋に「どうなってるんや」と聞きに来たんだと思っていた。

妻：私の父も田舎から出てきて、同じように独立をしてという経験があるので、私たちにとって今がチャンスだと思っていたようです。子どももまだいないし、守るものがないのだからと。2人だけだから、大阪に住むんだったら実家に来ても良いと思ってくれていましたよ。もしあたのことを頼りないと思っていたら、会社にいた方がいいとアドバイスしたでしょうけれど、そうではなかったということですよ。

夫：そう考えてくれていたんやね。ありがたい話やね。それで独立を果たして、僕もすぐに成果を出せたから良かった。当時はバブルだったしね。僕の会社の商材もそうだけど、君の扱っていた高級な下着もよく売れた時代やな。

妻：そういう時代でしたね。

夫：独立1年目はすごく裕福だったよね。ベンツとアウディとマンションも買えた。

妻：あなたと一緒に働くのがとても楽しかった時代です。

夫：結婚しても3年間は子どもを作らないと決めてガムシャラに働いた

んよね。２つの会社を切り盛りして、朝礼をしたあとにそれぞれの会社に分かれて、夜の12時半に近所のうどん屋で合流して食べて帰るというのを３年休みなしで続けた。

妻：休みたいとは思わなかったんですよね。休む日をつくる感覚がなかったですよ。何をしていても仕事につながってしまうから、休んでいる感覚がないままずっと楽しくて。いつまでも仕事をしていたいと思っていました。

夫：多くの人材もかかえて２人で年商４億５，０００万円くらいの規模になった。ようやったわ。

妻：私は仕事をしながら気づいたことがあったんですよ。お客様は紹介や口コミでいらっしゃるんだけど、かなり遠方からの人もいました。私のお店はさほどアクセスしやすい場所にあるわけではなくて、どうしてそこまでして来てくださるのか不思議に思ったんです。それでよくよく聞いてみると、皆さん一人暮らしで淋しい思いを抱えていたんです。それでわざわざ私のお店に足を運んでおしゃべりして帰るのだとわかったんですよ。

夫：それで、だったら色々楽しいことをしようと、いろいろ企画したんよね。

妻：ねるとんパーティーもしましたよね。50坪くらいのサロンがあったから、あなたの勉強会のお客さんと私の下着屋のお客さんとを集めて、毎月100人くらいの規模でしたね。

夫：僕の勉強会に来る男性たちは前向きで上昇志向があったし、補正下着を買う女性たちも向上心がある。前向きな人同士の組みわせだから、カップルがどんどんできた。

妻：そうするとまたさらに集客につながって売り上げも伸びていって、全国に200店舗もある中でうちがダントツ一位の売り上げになったのよね。

夫：僕も自分の商材を2億5，000万円売り上げて、個人的には世界一表彰された。やはりニーズを見極めるのが大事やし、周りの人の笑顔を作ることが成功の肝やったね。生活が落ち着いてきて、ようやく3年目で子どもを作る余裕が出てきた。

良いものはすべて試した「妊活」

妻：子どもを作ろうと言った時に、あなたのお友達で健康セミナーをやっている人がいたわね。断食道場をやっていた人。

夫：僕の大先輩だね。もともとは学習塾を経営していた人だけど、健康セミナーもやっていると聞いて、ちょうど僕たちも子どもをつくろうというタイミングだから聞きに行ってみた。そこで子どもを作る前に腸をきれいにしてたり体をリフレッシュしてからの方がいいと教えてもらったんよね。

妻：1ヶ月のプログラムは少し忙しかったけれど、とても多くを学べましたね。断食1週間も2人でよく頑張りました。あとは気功や瞑想もしましたよね。食の勉強をしながら無農薬野菜の酵素ジュースを飲んで。あなた、その時はかなりスマートになりましたよね。

夫：僕はあれで5キロも減量したんよ。60キロになったわ。

妻：あの頃から、体と赤ちゃんのために良いと思えることは何でも取り入れましたよね。妊娠した後、あなたが偶然に出会って自宅出産を教えてくれた社長ご夫妻にも、すぐに会わせてもらったし。

夫：あの出会いのタイミングが、もの凄く良かった。

妻：私は姉の出産のときに、病院でお下を切られた後の1週間くらい椅子に座ることができないほど痛がっていたのを見て、そんなの動物としておかしいんじゃないかしらと思っていたんですよ。だからそこで自然分娩のことを教えてもらって、いろんな腹落ちがありましたよ。

夫：1週間も痛いって、初耳や。

妻：それでも初めは私も病院にかかったんだけど。

夫：大将の時やね。

妻：そうしたら、お医者様が「子宮外妊娠かもしれない」「心音が聞こえない」と不安材料になるような項目を並べて言うから、それを聞いて私はショックでした。人生で初めて落ち込んでしまったのよ。でも、結論は心配なことは何もなくて、ただ見ていただくのが早すぎただけだった。

夫：泣いて帰ってきたよね。

妻：ただ「もう少し様子をみて、もう一回おいで」だけ言ってくれればよかったんじゃないかと思います。あそこまで不安を煽る必要はないんじゃないかと、それでさらに病院への不信感が高まったんですよ。

夫：君が病院で診察を受けていた日、僕が経営者の集まりに出席していて、数十人の来場者の中で偶然隣に座った人が自然派おむつのメーカーの女社長だったんよね。昔ながらのサラシのように通気性が良いオムツの話を聞いて。その旦那さんがマタニティスクールを経営していると言われて、僕は後日自分の商談として営業しようと思っていただけだったけれど、帰ったら病院でいじめられた君が泣いていた。それで君をスクールへ行かせたんよね。

妻：そのマタニティスクールは、普通の病院の考え方とは全く違いましたね。「出産は病気ではない」「健康であれば動物的な力で産むことはできる」と言われて私はとても励まされたんです。それであなたと私の母にもスクールに来てもらって、いろいろ学んだわね。

夫：自宅出産のノウハウね。妊娠したらお腹が大きな頃から生まれる時まで写真に全て記録しておくだとか。法務局とのやりとりだとか。具体的なことはすべてそこで教わった。医者がサインをする出生届がないわけだから。誘拐してきた子ではないと証明しなければならない。うちにも法務局がきたよね。

妻：生まれた後、職員が数名自宅に調べにきました。写真もビデオもすべてあるし、全部教えられたとおりだったから対応できました。

夫：そうやったね。

夫を立てる努力の大切さ

妻：スクールで教えてくれたことは、出産のノウハウだけじゃなかったところも良かったです。先生から、「ご主人が仕事から帰ってくるときは、夜遅いでしょ。子どもがいたら、普通奥さんはパジャマを着ていたりするのではないですか」「ご主人が帰ってくるころの時間帯に、クローゼットの中で一番素敵な洋服を着て、口紅を塗ってリボンでも付けて、可愛くして出迎えなさい」というようなことを教えてもらいました。旦那さんが仕事で疲れて帰ってきて、奥さんがぼろぼろの姿でいたら、癒されもしないし、仕事場で素敵な女の人が山ほどはいるわけではないですか。その先生に、妻としての心構えまで教えてもらいました。

夫：赤ちゃん側のストレスのことも、丁寧によく教えてくれる先生だった。家族全体のストレスをコントロールする方法を教えてくれていたんやね。

妻：自宅出産で、大将は健人が生まれてくる瞬間を見て、大将と健人は新樹が生まれてくる瞬間を見たおかげで、とても可愛がってくれるから兄弟が仲良くなるというのも当然ですが、私が一番その先生に教わって良かったと思うのは、いかに頑張ってくれている主人を立てるのかという話をずっとしてくれていたことです。

夫：普通のマタニティスクールで教えることは、抱っこの仕方とかあやし方のレクチャーだったりするところが、そこは全然違った。「赤ちゃんは天国から親を選んでくる」とか、そういう講義をいくつも受けた。あそこに行ったのは正解だった。

妻：大正解でしたね。姉の出産の時に抱いた疑問や不信感は、すっきりと払拭できました。

夫：当時はセレブに流行っていたマタニティスクールだったよ。おむつ一つとっても「お母さんの便利は赤ちゃんにとっての不便」だと、しっかり教えてもらえて良かったよ。

妻：子育ての基本はそこでしっかり学びましたね。「赤ちゃんは自分の子どもだと思うな」というようなことですね。「赤ちゃんは神様からの授かりものだから、ちゃんと世の中の役に立つように育て上げて、世の中にお返ししよう」という考え方です。自分の子どもだと思ってしまうと、鋳型に押し込んでしまったり、自分の思うように育てようと思いますが、そうではないと。

夫：赤ちゃんは天国から「次、どこのお腹の中に行こうか」と見ているという話だったな。「俺は苦労をしたいから、貧乏なところに行く」とか、赤ちゃん側が選んで来ているということだね。

妻：生まれてくることは修行なんですね。とても説得力がありました。ちょっと宗教っぽい話なので勘違いされやすいですが、内容は正論だと思いましたよ。これこそが子育ての基本なのだと。

ママのイライラは危険

夫：その後、君は収入も多くとても順調だった仕事を辞めて子育てに専念した。

妻：子育ては大事業だと言われましたし、今はそれがやりたいとはっきり思ったのです。２人目を授かった時に、仕事を辞めて子育てに専念することを決めましたね。

夫：僕もその時に預かっていた会社を返して独立した。

妻：それで少し子育てについてわかったことがあるんですが、子育ては妊娠中から始まっていたんですよ。１人目の時は夜泣きもなくてとても落ち着いて育児ができたけれど、２人目は全然違いましたから。夜中泣いて、喘息もひどくて。その時は毎日必死だったから気づいていなかったけれど。

夫：僕の仕事はうまくいっているようで、独立したばかりで不安定だったから、結構あなたに苦労をかけたのかもしれない。

妻：健人を妊娠している時、あなたの不安定期がちょうどぶつかって、私も精神的に不安定だった。あなたは独立したばかりで、夜、帰りが遅かったり帰ってこなかったりで、私はイライラしていたんだと思います。それがお腹の健人に伝わっていたのかもしれませんね。

夫：結果、逆子で生まれてきた。

妻：あまりに激しく泣くから、本当に不思議に思ったんですよ。どうしてこれほど大将と違うのかって。今思えば、母乳は母親の血液からできるわけだから、穏やかな精神状態の母乳とイライラの状態の母乳は質が違うなど、いろいろ自分に原因があったとわかります。そういう母親の精神状態が、子どものアレルギーやアトピーと関係しているという人もいます。

夫：愛情をかけて丁寧に育てると心身のストレスが少なくて、丈夫に育つんだね。

妻：私は子どもができるときの気持ちが一番赤ちゃんに影響すると思っています。お腹の中に入る瞬間が一番大事なのです。私の友達に実際に起こった悲しいお話だけど、容姿端麗な彼女が1人目を妊娠した時、そのご主人が、きれいな奥さんが妊娠してお腹が出てきたときに「ブサイクな格好をして」と言ったらしいのです。その夫婦は離婚までしてはいませんが、それがきっかけになったのか、あまり夫婦仲がよくなくて、結局赤ちゃんは死産してしまいました。赤ちゃんがストレスで酸欠にならないように夫婦は仲良く穏やかに過ごすことが大切だと思います。

夫：人間は7割が水なんよね。ハードロックを聴かせたコップの水とクラシックを聴かせた水では結晶の形が違うんやて。いろいろ実証されている通り、僕も水はとても大事だと思う。

妻：先日新聞にも書いてありましたね。

夫：あれは528ヘルツでワインが美味しくなるという話だったかな。

妻：「嬉しい」「幸せでありたい」というお水の中で育っているのと「どうでもいい」と思っているお水では全く違ってきます。新樹の時は、あなたのテレビ番組の仕事が決まったりした時期で、自然と良い方向に変わっていきました。前回から何かを変えようと思ったわけではないけれど、それでも反省をしながら日々子育てをしていました。頭でわかっていても、子育てしながらだと、心がそこまで追いつかない場合もありました。

夫：ほとんど子育ては任せっぱなしやけど、3人の子育てをしてきて何か心掛けはあったのかな？

妻：子どもに出てくる様々なことのすべては、親の感情だと思うようにしていましたよ。当時はそこまで冷静になれなかったけれど、イライラしないように心掛けていました。あと昼間はできるだけ子どもと楽しく遊べる時間を増やそうとか。

夫：赤ちゃんの時は？

妻：赤ちゃんの時も、日々赤ちゃんと一緒に楽しく過ごすことでしょうね。食べ物とかにも当然気をつけてはいました。でも、子どもたちにとって大事なことは食べ物だけじゃないと体験的にわかっていました。穏やかに、穏やかに。これが一番大事。1歳の時は抱っこしているだけだけど、2歳、3歳は走り回ったり動きまわったりしますから、そこでどうするかが母としては肝心だと思いました。

夫：自我が芽生えるからね。

妻：実は、公園へ子どもたちを連れて行った時に、周りのお母さんたちに褒められることがありました。土遊びしてドロドロになろうが、食べようが、私は「危ない」「触らないで」「ダメよ」という言葉はかけずに一緒に遊んでいたんです。今のお母さんたちは公園の砂は汚いだとか言うのだと思いますけど。私は触って免疫がついていくと考えていましたから、赤ちゃんは体全体で感情を育んでいくんだと思うのです。

夫：後が大変かもしれないけれど、子どもたちのやりたいようにやらせていたんやね。

妻：遊びの時間を大切にしていました。やりたいことをさせてやれば脳が刺激を受けて豊かな感情を育むから。ただし、人に迷惑をかけることと危険なことは絶対にダメです。キッチンで料理をしていると、赤ちゃんが寄ってきてあれこれ出しちゃうじゃないですか。でも、基本的にそういうのも好きにやらせていましたよ。ただし、包丁のところはダメ。「そこだけは絶対にダメだよ、痛いよ」と言葉と感覚で教えていました。危険なものは、見せながら腕をつねるんです。そうすると、痛みを覚えてそこだけは触らないようになります。

夫：（写真を見ながら）それにしても、小さい頃の3人はチンチンぶらぶらの写真ばっかりやね。

妻：それは、裸育児というのを教えてもらったからですね。肌からの刺激で脳が育つと言われて。家の中ではみんなノーパンでしたね。公園で遊ばせるときは裸足にさせていました。ガラスとか危ないものが転がっているところはよくないけれど公園くらいだったら裸足で大丈夫です。足の裏からたくさんの刺激を受けますから。

夫：アフリカの先住民族の方たちを見れば納得やね。

妻：だから最低限守らなければいけないということはしっかり教えて、他のことは自由にやらせてやるのが良かったと思うのです。夜、暗くなる前に帰ってくることとか、最低限のことをね。

夫：大将の時は1対1でも、2人、3人となると時間的に余裕がなくなっていたんじゃない？　気持ちではなく物理的な問題で。

妻：なかなか1人ずつに時間をかけることができなくなって、それでも頑張って言葉で伝えるようにしていました。0歳でも1歳でも、わからないだろうけれども言葉で丁寧に説明するようにしたんです。そうしたら喋りを覚えるのも早かったです。

夫：大将は本当にしゃべるのが早かったんよね。

妻：神がかってましたね。「汚い手で食べると、バイキンが入る」と言えば、最初はバイキンがわからなくても、「バイキンって何だ」と思うようになり、「バイキンとはそういうものなんだ」と意識できるようになる。汚い手で食べないほうが良いと3回、5回、10回と繰り返し根気強く教えると、だんだんわかってきます。でも、子どもは基本的に「触りたい」「口に入れたい」なんです。そうやって研究するんです。

夫：大将がクリップを飲み込んだこともあったね。

妻：でもその時にはあなたに言えなくて。もし言ったらあなた取り乱すでしょうから。

夫：僕には信じられないですよ。根性ありますね。それで僕に黙ってクリップがお尻から出てくるのを待っていたんだから。僕だったらすぐに病院へ連れて行くのに。

妻：触ること、口にいれることは全部赤ちゃんにとって研究ですから。だから、例えばあなたの大切なラジオを触ってネジを外してしまったとしたって、将来は機械を作る人になるかもしれないのだから。危険なもの以外はどんどん触らせてやらせてやるのが良いですよ。

夫：大将と健人の生まれる間は3年半空けたから、大将とは比較的たくさん遊んでやれたんじゃない？

妻：そうですね。NHKの番組でワクワクさんと一緒に牛乳パックやトレーなどで工作する番組があって、大将と見ながらたくさん作りましたね。輪ゴムを留めて、ぴゅっと離したら勝手に走っていく車とか、いろいろなものを作っていました。ミニカーがあったら、滑り台を作ろうとかと、長い滑り台を作ったりしました。

夫：そういうのが、今の大将がやっている服作りに生かされているのかもしれないな。

妻：あなたもよく子どもと私を連れて仕事をしているところを見せてくれましたよね。ほら、琵琶湖のホテルで講演をした時も小さな大将と私も一緒に同行させてくれました。大事な講演会で静かにできるかわからないくらいの子どもを連れて行きたがらないお父さんも多いでしょうけれど。

夫：そうやったか？　覚えていない。

妻：私と大将は一番後ろのテーブルに座ってあなたの講演を聞きながら、紙に何かを書きながら遊んでいたのですよ。「ママ、まだパパのお話は終わらないの？」とか言いながら、大将は2時間ぐらいほぼ1人で静かに座っていました。その後また「ママ、まだパパのお話は終わらないの」、「もうちょっとだね。聞いておいてね」と言いながら。

夫：僕は大人の働く現場を見せることが大事だと思っていたから。特に親以外の大人と接することはとても良いことだと考えていた。

妻：とても大事なことですよね。でも、大将がまだ喋れない時期は大変でしたね。大将は活発だったから外でじっとしていられないし、ワッと走っていってしまうから外食はなかなか連れていけなくて。それを乗り越えて大将と会話ができるようになってきた途端に私は楽しくなったのです。今まで、日本語が通じなかったので宇宙人みたいでした。2歳ごろに、こちらが言うことがだいぶ理解できるようになって。

夫：コミュニケーションができるようになってからの大将の話にびっくりしたことがあったで。2歳の時に「お父さんが僕を取り上げた」と言ったんよ。

妻：そうなんですか。

夫：言いました。３歳になって、本人は忘れてしまったようだけど、確かにそう喋ったんよ。

妻：お腹の中での記憶が残っているという話はテレビでもたまに聞きますね。

夫：大将の時はコミュニケーションの密度が高かったけれど、健人が生まれてからはどうだった？

妻：しんどかったですね。大将には寝る前に絵本を読んでいたんだけどそれができなくなったんです。

夫：百科事典みたいな絵本セットがあったね。

妻：姉の紹介でね。本当に良書のベストセラーの絵本ばかりだから買っておくと良いよと言われて。子どもができる前から用意してあって、私はそれを使える日を楽しみにしていたんです。ようやく大将が理解する頃になってきて、いざ読もうとすると健人が邪魔しに来てしまう。1人目のときほどスムーズにいかなくて。

夫：健人も構って欲しかったんやろうな。

妻：そうなのでしょうね。今までできていたことができなくて葛藤がありましたね。私は教育のために読み聞かせをやってやりたかった。でも途中でやめました。無理をしても良くないからと開き直りました。疲れてしまったんです。子供にダメというのも嫌だし、邪魔しないでというのも本当に嫌でしたから。

夫：少し大きくなってからは、習い事もたくさんさせていたね。

妻：大将の幼稚園時代ですけど、同じマンションに越してきた同世代のファミリーがいて、子どもたちにピアノを習わせていたのです。そちらも男の子2人で、うちもまだ男の子2人の時で。遊びに行くとピアノの先生が来られて、初めてピアノレッスンを見た大将が面白そうだと思ったみたい。それでピアノを習わそうと思うけど、どう思うとあなたに聞きましたよね。

夫：僕も賛成してピアノを買いに行って、うちにもその先生に来てもらえることになった。2人まとめてだから安くしてくれたんよね。

妻：本人たちがやりたいと言ったんですよね。私がさせたかったものもあったけれど。まず大将が「やりたい」と言ったら、健人が真似して同じものをやりたがる。

夫：むしろ、健人も行くのが当たり前と思っていたんじゃないか。「僕はいつ行くの？」とよく言っていた。ピアノと英会話とサッカーとダンスと水泳。みんな同じことをやっていた。

妻：水泳などはこちらからやってみたらと提案したんですよ。

夫：ダンスも？

妻：ダンスは最初は大将が見つけてきましたね。あとサッカーも。英会話は私がやらせたかったのです。「いいところがあるから見学に行ってみたら」と投げ掛けたりしました。行って、「やる？」と言ったら、「やる」とかというそういう感じでしょうか。

夫：習い事を1人で4つぐらいやっているのを、3人子どもがいるから送り迎えが大変だったんじゃない？

妻：一気にずっと全部ではないので。時期もずれていましたし。

夫：小学校や中学校に上がってからは、成績のことがあるよね。先日、大将が中1のときの成績表を見つけたんよ。僕と一緒でほぼオール5。頭が良かったんよね。

妻：そうですね。でも大将は小学校の一番最初、1年生の国語の漢字が全然できなかったですよ。

夫：3人とも漢字は弱かった？

妻：特に大将が漢字がダメなのと、お習字もボロボロでした。だから夏休みには私も一緒になって少しトレーニングをしたら、２学期の初めに漢字が１００点取れたことがありました。学校からの冬休みの宿題で、書初めがあったときにも家族全員でやりましたね。こうやって書いたらいいと教えたり。家族が一緒になって楽しくやれば、苦手意識も拭うことができるのかもしれません。

夫：うちの近所はお受験が盛んな場所でもある。ものすごくいい私立もあったし。

妻：うちは受験は一切しませんでしたね。

夫：そういう考えは全然なかったから。僕の弟を見ていたからかもしれない。弟が賢く真面目すぎると僕は考えていたから。京都大学に行ってくれみたいなことは子どもたちには一切思っていなかった。賢いだけでは絶対ダメだと思っていた。

妻：でも大将が中学の時は学業のことで厳しく言っていたと思いますよ。あなたはきっと忘れているのでしょうけれど。

夫：そうやったか。大将に教えれば健人と新樹に教えるだろうから、効率が良いと考えてのことかもしれない。文武両道でいってほしいとは思っていたからかな。

妻：大将は勉強させなくてもできたんですよね。でも中学から高校に入る直前もそうだし、高校に入ってから大学の進路を決めるときはあなたは厳しかったですよ。

夫：中学2年生の時に大将が携帯電話を欲しがって、「成績が良かったら携帯を買ってやると言ったけれども、ダメだったから買うのをやめた」と言ったら、あいつは一瞬反抗期になった。

妻：それは違いますよ。「買うのをやめた」ではなく、それはあなたの思い違いです。「点数をこれだけ取ったら買ってやる」と言ったのに、「点数を取ったのに買ってくれなかった」と言って大将は怒っていたのです。今でも時々その話を思い出して怒った顔を見せますよ。

夫：そうやったか？　全然記憶がない。僕が約束不履行をしたわけか。

妻：覚えていないでしょう。

夫：どうして僕はそんなことをしたのか。

妻：割とそういうことはよくあると思いますよ。気軽に口約束をして忘れてしまうことが。

夫：持たせても別に良かったのでしょうが、持たせたときの弊害をいろいろ考えたらまだ早いと言ったんじゃないのかな。

妻：それならそれで理由を説明すればよかったけれど、簡単に口約束で買ってもらえると思って、あの子は必死で勉強したのですから怒るのも無理なかったですよ。大将はそれを根に持っていて、いまだに言っていますよね。

夫：僕は都合が悪いと何でも忘れる？　僕が家にいない時は、子どもたちとどんな会話をしてるの。結構僕のことを褒めてくれているんでしょう。

妻：「お父さんのお陰でご飯がこうやって食べられるから、いない時でもお父さんに感謝しようね」と言っていますよ。

夫：だから新樹は僕に敬語なのか。ＬＩＮＥでも「お父さんありがとうございます。お父さんのおかげで塾も行けます。美味しいごはんも食べれます」と送ってくるし。家でずっと立ててくれてるんよね。

妻：それでもずっとできるわけではないのですよ。子どもたちのことで忙しい時期は毎日できなかったし、あなたが帰ってくるときにも、ただ笑顔だけとか、できないときもありましたよね。韓国ドラマが流行っていたときは夜中ずっと観ていましたし。

夫：ビデオ三昧で追っかけをして、イ・ビョンホンの東京ドームでのファンの集いに行ったりしていたね。

妻：あのころはあなたが帰ってきて、「どうしてこんな良いシーンの時に帰ってきちゃうのよ」と、そういうことも思ってしまったこともありました。だから、ずっと良い奥さんでいたわけではないでしょうね。

夫：君は良い奥さんであり良い母親ですよ。

妻：努力はしているつもりでも、ずっとそうではないと思います。途中、健人の喘息が悪化してしょっちゅう学校を休む時期がありました。その時、担任の先生に「お母さんの感情を見直すように」と言われたんです。

次男の喘息の原因

妻：「もっと健人を見てやらなければいけない」。先生はご経験から我が家に起こっていることがわかっていたんだと思います。３人兄弟の場合、１人目は初めてのことなので気がよく回るけれど、３人目がまだ赤ちゃんで小さければお母さんはそちらもよく見る。けれど、真ん中は空気を読んで何でも自分でやってしまうから、お母さんはちゃんと見てやれていないことがよくあると。

夫：見ているつもりでも見てやれていないということ？

妻：そう先生に言われて私はとても驚いたんです。３人ともしっかり見ていると思っていたから。でも次学年の懇談会で「お母さんたちは子どもの良いところを話してください」みたいなことがあったのです。みんなそれぞれ子どもの長所を言うのに、私は健人のいいところを1つも言えなかったのです。自分でもびっくりして、涙が出そうでした。どうして言葉が出てこないのだろうと。健人の良いところが全然見えなくて、そういう時期があったのです。そのころがやはり健人の喘息がすごくきつい時期でした。

夫：健人は器用に立ち回って、大丈夫に見えてもまだ愛情をかけないといけない時期だったんやろう。

妻：それから健人に対して言葉掛けを意識してやり始めたのです。途中この子は、私が寄っていって肩に手を当てるだけでも、ふっと逃げたのです。小さい頃は大丈夫だったのが、愛情不足からだったと思いますが私から逃げ出したのです。それで、スキンシップを心掛けようと思ったのです。まだ小学5年生でした。

夫：具体的には健人にどういうことをしたの。

妻：新樹が小学校低学年ぐらいだったので、よく子どもたちだけでプロレスごっこして遊んでいたところに、私が参戦したのです。家で遊び出すと、掴み合いができるではないですか。この子だけ呼んで抱っこしようとしても絶対させてくれなかったので、一緒に転がって遊ぶように、自分から子どもの遊びに入っていったのです。男の子なのでおままごとで遊ぶのではないので、そうやっているうちに、ちょっとずつ喋ってくれるようになりました。

夫：心を開き始めたんやね。

妻：自分はできていると思っていたけれど、できていないことに気づいていなかった。家の裏に公園があったでしょう。新樹が1歳か2歳の頃、お兄ちゃんとお友達が帰ってきて公園にいるのを見た健人は「僕も行ってきます」と言って勝手に1人で公園に行って。だから健人のことはお兄ちゃんたちが面倒を見てくれていました。私は何もしていなかったんです。健人の勉強を見ていたのもお兄ちゃんだし。

夫：僕が言ったように、大将に教えると健人を教えるようになるし、そうするとまた健人が新樹を見るから。ということは、健人はお母さんとの接点が少なくなってしまいがちなんやな。

妻：しばらく子どもたちの遊びに参加することを続けました。健人が中学校になった時に、お弁当に小さいお手紙をこの子だけに入れたのです。「お弁当をきれいに食べてくれてありがとう」とか、本当に小さなことなのですがね。それを3年続けました。

夫：僕はそれを見たことがなかったけれど、何を書いていたの。

妻：「朝、おはようと笑顔で言ってくれていたのが、お母さんは嬉しかった」とか、そんなもう単純なことなのです。

夫：反省の意味も込めて書いていたんやろうね。

感謝

妻：健人が中3の卒業式の間際に、「お母さん、その入れてくれた手紙を、お昼休みのときに、一緒に食べている友達とみんなの前で読んだ」と言ったのですよ。中学3年生の男の子が、まさかそんなことをしていたなんて。

夫：それは凄いよなあ。多感な時期やのに。

妻：私もびっくりして、「それで周りは何と言っていたの」と言ったら、周りがまたいい子ばかりで、「いいお母さんだな」と言ってすごく褒めてくれたそうです。他の男の子が、「実は僕もこうやってスポーツさせてもらっているのは親のお陰だと思っている」とか、その手紙がきっかけでそんな話をしたと。それを家に帰って話してくれた時、私はもう号泣してしまいました。手紙は毎日クチャクチャになってましたから、読んでいるかいないか分からなかったから。

夫：ママも頑張ったんやね。今となってはみんな良い子に育ててくれたと感謝してるんよ。ご近所さんからも本当によく「良い子ですね」と言われる。あなたも言われるでしょ。ああいう時、何て答えたらいいの。

妻：私は「ありがたいです」と答えています。

夫：君は「ありがたい」と言っているの？　誰に対してありがたいの？

妻：３人ともそんな良い子になってくれてありがたいって、子どもたちと、私たちに子育てを教えてくださったみなさんにね。

おわりに
「大部屋俳優」の父から主演の大将へ

　私は学生の頃、生活のため東映・太秦撮影所でエキストラから始まり、そのうちにちょんまげを付けた大部屋俳優として働いていました。しかし、主演俳優を羨ましいとか目指したいとか思ったことは一度もありませんでした。なぜなら、同じ舞台に立つ仕事でも、シンガーソングライターになることが夢だったからです。そこで私は望みを叶えようと情報を集め、数々のオーディションに応募しました。

　とはいえ俳優のアルバイトが忙しく、大学の試験もあったりしてなかなか道が開けませんでした。募集課題だった自作の曲を締め切りまでに出せなかったり、オーディション会場で緊張し過ぎてキチンと歌えなかったりの繰り返しでした。実力を発揮できずモヤモヤしてはいましたが、俳優のアルバイトでまあまあ稼げていたのでどこか満足してしまっていたのかもしれません。

大部屋生活が3年も経つと、台本をもらい「役付け」にはなることもあります。しかし台詞は少なくほとんど映らないとか、出演しているのに編集で全部にカットされるとか悔しい思いもします。私は若手ではベテランの部類に入るようになり、殺陣師（たてし）の先生に名前と顔を覚えられ、そこそこの殺陣ができると評価されていました。

そんなある日、スタジオでこんな事がありました。それは時代劇の撮影でした。主演は仲代達矢さんです。「待ち時間」に殺陣師の先生から、急遽あるシーンで「階段落ち」をして欲しいと頼まれたのです。普通、階段落ちをはじめ池に飛び込んだり屋根の上の危険な場所での殺陣は、事前に依頼され経験豊富な役者が演じます。当然、危険手当も上乗せされます。引き受けた役者は、着物の中にジャージを折りたたんで着込んだり肘や膝にクッションのあるサポーターをして自分の身を守ります。ですがその時は、殺陣師の急な提案で映像を撮ることになり、その場で一番先輩だった私に白羽の矢が立ったのです。主演の侍を追いかけ追い詰め、階段を駆け上がったところを振り返りざまに斬られて階段落ちする、という内容でした。私は翌日に大学の進級試験を控えており、スタジオの隅で英語の勉強していたのですが、仲代さんと一対一でからめるということもあり、躊躇なく引き受けました。突然のことだったので体には何も仕込まず、いきなり本番です。

本番直前に仲代さんが「ちょっと待って」と静かにいいました。どうしたのだろうと思って見ていると、仲代さんが薄暗い階段下の釘や石コロなどを細かく確認し、一つひとつ捨てていったのです。ヤル気が出てきました。階段落ちする大部屋俳優のために主役が撮影を止めて、「ゴミ拾い」をしてくれたのです。私は感激しました。

本番は大変でした。階段から落ちたもののサポーターなどの仕込みがなく右肘を強く打って捻挫状態でした。

次の日の試験では、右手が不自由なため左手も使って何とか答案用紙を書き上げました。試験が終わると痛くて病院へ急いだのですが、なぜだか爽やかな気分と「よくやったな」という自分を褒めたい充実感で一杯でした。このことは今でもとても良い思い出です。ハリウッドでは、主演俳優がエキストラにも気を遣うのが当たり前だとも聞いています。食事の時間のバイキングにも分け隔てなく順番に並ぶのだそうです。例えばトム・クルーズの笑顔が世界の映画ファンを魅了するのは、撮影現場でのそういう「心遣い」があってこそなのだと思います。

主演クラスで、恵まれてスタートした菅田将暉には、今後どこか驕りが出ることがあるかもしれません。芸能界に何のツテもなくゼロから這い上がって来た人の努力が見えなくなり、そして撮影現場の末端で働く人への感謝の気持ちが薄れる時があるかもしれません。そんな時、私と共に砂を噛んだ日々を忘れないで欲しいと思います。うまくいかないことがあっても、我慢して耐える精神力を培ってもらいたいとも思います。そして、少し横道にそれるようなことがあっても、軌道修正が出来るような意見を言ってくれる良い友人やパートナーを周りに常に置いてほしいものです。そして最終的に、演じる舞台を言語や国境を越えてアジア全土ひいては世界に移して活躍してもらいたいと、同じスゴー家のチームメイトとして願っています。

トランスワールドジャパンの講演会

ビジネス、教育、健康、医学療法など、トランスワールドジャパンでは、様々な講演会の依頼を受け付けています。ご希望の方は下記問い合わせ先まで、お気軽にご連絡ください。

菅生 新

経営コンサルタント／同志社大学法学部卒業／大阪市立大学非常勤講師／一般社団法人「アジア経営者連合会」顧問／MBS毎日放送「voice」コメンテーター

講演ジャンル

教育 ／ 子育て ／ ビジネス ／ 経営・ベンチャー
人生 ／ 自己啓発・モチベーション

MEGUMI

女優／タレント／『もやもやがスーッと消える528Hz CDブック』に出会い、本書を推薦

講演ジャンル

健康
音楽療法・自律神経改善
ライフスタイル
音楽・コンサート

山田まりや

女優／タレント／『その生活が“ガン”なのです』著／マクロビオティックセラピスト、薬膳インストラクターなど様々な資格を持つ

講演ジャンル

健康 ／ 医療・栄養学
教育 ／ 食育・健康管理

国生さゆり

女優／薩摩大使／鹿児島県お茶大使／鹿児島県漬物大使／鹿児島県薩摩焼大使／鹿屋市バラ大使／『国生体操』著

講演ジャンル

健康
体操・柔軟・姿勢

お問い合わせ・講演依頼は、info@transworldjapan.co.jp まで

スゴー家の人々
～自叙伝的 子育て奮戦記～

著　者／菅生 新

Staff
装丁・デザイン／大森由美
イラスト／佐野りりこ
組版／アド・エイム
写真／阿部健太郎
構成／伊藤絵理
編集／喜多布由子　岡田タカシ
営業／斎藤弘光　田中大輔

2017年12月7日　初版第一刷発行

発行者／佐野 裕
発行所／トランスワールドジャパン株式会社
〒150-0001
東京都渋谷区神宮前6-34-15 モンターナビル
Tel. 03-5778-8599
Fax. 03-5778-8743
印刷／三松堂株式会社

Printed in Japan

ISBN 978-4-86256-214-2

◎定価はカバーに表示されています。